史料视野与文学阐释

当代文学研究的路径与方法

郭剑敏 著

浙江工商大学出版社 | 杭州
ZHEJIANG GONGSHANG UNIVERSITY PRESS

图书在版编目(CIP)数据

史料视野与文学阐释：当代文学研究的路径与方法 / 郭剑敏著 . — 杭州：浙江工商大学出版社,2022.11
　　ISBN 978-7-5178-5201-8

Ⅰ. ①史… Ⅱ. ①郭… Ⅲ. ①中国文学－当代文学－文学研究 Ⅳ. ①I206.7

中国版本图书馆CIP数据核字(2022)第218081号

史料视野与文学阐释：当代文学研究的路径与方法
SHILIAO SHIYE YU WENXUE CHANSHI:
DANGDAI WENXUE YANJIU DE LUJING YU FANGFA

郭剑敏　著

策划编辑	任晓燕
责任编辑	熊静文
责任校对	李远东
封面设计	朱嘉怡
责任印制	包建辉
出版发行	浙江工商大学出版社
	（杭州市教工路198号　邮政编码310012）
	（E-mail:zjgsupress@163.com）
	（网址:http://www.zjgsupress.com）
	电话:0571-88904980,88831806(传真)
排　　版	杭州朝曦图文设计有限公司
印　　刷	杭州高腾印务有限公司
开　　本	710mm×1000mm　1/16
印　　张	14
字　　数	133千
版 印 次	2022年11月第1版　2022年11月第1次印刷
书　　号	ISBN 978-7-5178-5201-8
定　　价	68元

目　录

第一章　当代文学研究的历史化
及其学术视点的转移

一、当代文学研究的历史化转向与文学史写作

中国当代文学研究的历史化推动了当代文学研究中学术视点的调整和转移,从而使当代文学史研究从以往注重对作家作品本身的解读转向对文学制度、文学环境、文学生产、文学传播等的研究。而最早打开这一研究维度的是洪子诚,他的《中国当代文学史》与《问题与方法:中国当代文学史研究讲稿》两部著作,正是这种学术转向的开山之作。正是在他的影响下,近年来学术界出现了一批以当代文学生态环境为研究视点的学术成果,如2007年新星出版社出版的王本朝的《中国当代文学制度研究(1949—1976)》、2011年北京大学出版社出版的张均的《中国当代文学制度研究(1949—1976)》、2011年社会科学文献出版社出版的李洁非与杨劼著的《共和国文学生产方式》等,这些都是在同一学术研究理路下收获的成果。

洪子诚的文学史研究体系十分注重对当代文学发展过程中形成当代文学历史形态的文学生产环境进行观察和分析,这便使

整个当代文学成为一种历史化了的现象和存在,而作为一种历史现象,其发生的缘由以及兴变的可能性便成为作者分析的重心所在。由此,洪子诚在研究中强化了对当代文学生产体制的描述和分析,也进而探究和审视形成这种文学生产体制的生态环境。洪子诚的当代文学史书写及研究极具方法论意义,与之前多数当代文学史论著侧重作家作品的解析不同的是,洪子诚更为关注文学史生成机制及生成方式,是一种对文学的历史图景进行追根溯源的分析思路,这便使当代文学史的书写彻底摆脱了曾经的社会思潮与文学创作相对应的描述方式,而以文学生产机制的运作方式及其与文学形态的关联性为切入点加以观察,从而形成对文学生成史的深度解析。这种研究思路的特点,正如洪子诚在其《中国当代文学史》一书的序言中所言:"本书的着重点不是对这些现象的评判,即不是将创作和文学问题从特定的历史情境中抽取出来,按照编写者所信奉的价值尺度(政治的、伦理的、审美的)做出臧否,而是努力将问题'放回'到'历史情境'中去审察。也就是说,一方面,会更注意对某一作品,某一体裁、样式,某一概念的形态特征的描述,包括这些特征的演化的情形;另一方面,则会关注这些类型的文学形态产生、演化的情境和条件,并提供显现这些情境和条件的材料,以增加我们'靠近''历史'的可能性。"①可以说,这种回到历史情境的审视方式,正是一种将文学史所涉及的

---

① 洪子诚:《中国当代文学史》,北京:北京大学出版社,1999年,第5页。

知识体系历史化的一个过程,也是一个知识考古的过程,文学史的书写不再以呈现不同时期文学的创作面貌及特征为终点,而是更注重对文学"何以如此"的探源。

由文本解读转到文学生成过程及生成环境和生成体制的研究,是中国当代文学近些年来学术发展路向的一种十分突出的趋向。李洁非和杨劼所著的《共和国文学生产方式》从当代文学体制、当代文艺政策及其监管方式、当代文学团体和机构、当代文学的话语权、当代文学会议、当代文学的批评环境等几个方面对新中国成立后的文学生产方式进行了勾勒和解析。该书的著者在前言中写道:"本研究具有新的特质:既非单纯的文学史研究,也不是纯理论的研究;既不是创作论和作家研究,也不是作品论和文本分析,而是文学制度、文学运转方式即文学在特定规则中的工作原理研究。我们称之为文学生产方式研究。考量文学实践,途径有二:一是文学史,一是文学生产方式。文学史反映的,是一段文学在实践层面动态与发展的情形。文学生产方式,则揭示特定条件下文学的运行机制与原理。……追溯这一研究思路的起始,将提到洪子诚先生的《中国当代文学史》。这本著作引起人们注意,主要在于在当代文学研究中,除作家作品、文学思想外,引入了对文学制度的考察。"①透过这段文字,我们清晰地看到作者对自己论著中研究理路的强调,这与以往当代文学研究中更着意

---

① 李洁非、杨劼:《共和国文学生产方式》,北京:社会科学文献出版社,2011年,第1页。

于观点之争有了很大的不同；同时，论者明确指出了这种研究思路的形成与洪子诚的当代文学史研究模式之间的关联性。同样明确地将当代文学研究转向文学生产机制与文学生产制度研究的还有王本朝的《中国当代文学制度研究（1949—1976）》。王本朝在该书中，从中国当代文学制度的建立、文学机构与中国当代文学、作家身份与中国当代文学、文学传播与中国当代文学、文学读者与中国当代文学、文学批评与中国当代文学、文学政策与中国当代文学、文学会议与中国当代文学等八个方面展开了论述，将文学制度作为中国当代文学实践的根基来进行审视，这样，文学史研究的视点便由文学自身转向了对文学生态环境的考察。作者在后记中写道："对于当代文学的考察，不能离开对文学生产过程和生产方式的考察，所以，本书主要从当代文学制度的意图与过程、内容与方式、影响与局限展开思考和研究，认为它主要体现在对作家的思想改造和评价机制，对文学创作的题材选择、形象设计、主题升华和形式处理的计划和引导，对报刊、出版等文学生产资料的国有化管理，对文学读者的期待性设置，对文学批评话语的操控，以及文学政策的出台、文学会议的召开等，其目的在于建立文学生产的新秩序，把作家的创作、作品的意义和读者的文学期待都纳入一个有序的结构之中，最终实现从'秩序'到'意义'的渗透与内化。"[1]

---

[1] 王本朝：《中国当代文学制度研究（1949—1976）》，北京：新星出版社，2007年，第268—269页。

　　与上述论著不同的是,学者张均的《中国当代文学制度研究(1949—1976)》虽然也指向了当代文学生产体制本身,但他对洪子诚等人的文学制度研究所存在的过多的假设与前提化的认定提出了疑问,认为这些所谓制度研究有着逻辑置换和记忆遮蔽的人为性认识选择,从而造成对文学生产历史判断与论述的偏差。他更强调的是文学制度背后的复杂性、丰富性和多样性,比如针对洪子诚提出的"一体化"概念,张均指出:"进而知识分子就成为'自由'之寻求者,社会主义文化体制则被贴上'一体化'标签。因此,文学制度作为一种事实上由多重观点、利益博弈而成的事实规则,就很'自然'地被简约为与国家权力、主导意识形态完全'一体'的体制。这种简约必导致文学制度理解的偏差。"[①]在张均看来,如何突破当代文学制度研究中由新启蒙主义思潮所形成的种种"认识装置"是当代文学研究能否真正地"还原历史"的关键所在,"国家力量和各种文学势力,在怎样的交互关系中决定着文学制度的建立与运作,与此同时,文学制度的运作,又在怎样的历史过程中决定着当代文学的生成与展开,重构其内部多样性之间的关系,是当代文学制度研究所面临的新问题。这需要研究者努力将问题'放回'到'历史情境'中去考察,将某些'共识'重新'历史化',也需要研究者经由势力政治而重新认识当代文学与传统文

[①]　张均:《中国当代文学制度研究(1949—1976)》,北京:北京大学出版社,2011年,第7页。

化之间深刻的'血缘关系'"①。

二、"重写文学史"与当代文学经典的再解读

当代文学研究的历史化带来的是当代文学研究中史料意识的增强，它给当代文学学术创新带来的影响还体现在对文本解读的方法与策略的调整上。文本是文学史研究的基础，文学史研究包括很多层面的东西，如作家作品、文艺运动、思潮流派、文艺政策、文学事件、出版发行等，但其中一个焦点式的场域便是文本，可以说文本是沉淀种种文学史信息的一个重要载体。正因如此，对文本进行解读便成为文学史研究的一条重要途径。传统的文学史研究也十分重视对文本的分析，但在解读的方法上，主要围绕研究者对作品内涵的理解而展开。二十世纪九十年代以来当代文学研究中的文本解读在策略上有了很大的调整，这便是注重文本解读中对相关文献史料的倚重与利用，由传统的对文本思想内涵的解读转向了对文本生成过程的研究。

1988年，陈思和、王晓明两位学者在《上海文论》上开辟了"重写文学史"专栏，这个专栏的出现，拉开了学术界"重读"中国现当代文学作品、"重写"中国现当代文学史的序幕。九十年代以来，海内外的一批青年学者如黄子平、唐小兵、孟悦、李杨等在"重读"中国现当代文学经典方面做出了卓有成效的努力，涌现出一大批

---

① 张均：《中国当代文学制度研究（1949—1976）》，北京：北京大学出版社，2011年，第15页。

"重读"现当代文学经典的学术著作,较有代表性的有:唐小兵主编的《再解读:大众文艺与意识形态》(牛津大学出版社1993年版)、黄子平的《"灰阑"中的叙述》(上海文艺出版社2001年版)、李杨的《50—70年代中国文学经典再解读》(山东教育出版社2003年版)、蓝爱国的《解构十七年》(华东师范大学出版社2003年版)以及余岱宗的《被规训的激情——论1950、1960年代的红色小说》(上海三联书店2004年版)等。"重读"有着明确的策略性与指向性,《再解读:大众文艺与意识形态》一书可视为展现"重读"实绩的一部最重要的著作。该书由唐小兵主编,除刘再复的序言《"重写"历史的神话与现实》、唐小兵的导言《我们怎样想象历史》外,共收入十篇论文。考虑到这些论文在"重读"中国现当代文学经典方面所具有的影响力和代表性,这里将这些篇目一一列出,它们是:刘禾的《文本、批评与民族国家文学——〈生死场〉的启示》,黄子平的《病的隐喻与文学生产——丁玲的〈在医院中〉及其他》,孟悦的《〈白毛女〉演变的启示——兼论延安文艺的历史多质性》,刘再复、林岗的《中国现代小说的政治式写作——从〈春蚕〉到〈太阳照在桑干河上〉》,唐小兵的《暴力的辩证法——重读〈暴风骤雨〉》和《〈千万不要忘记〉的历史意义——关于日常生活的焦虑及其现代性》,马军骧的《〈上海姑娘〉:革命女性及"观看"问题》和《被掩盖与被美化的"大众"——凌子风新时期改编作品析》,戴锦华的《〈青春之歌〉:历史视域中的重读》以及《〈红旗谱〉:一座意识形态的浮桥》,等等。唐小兵的导言《我们怎样想象历史》一文可看作重读者们的宣言。在这篇文章中，唐小兵指出："一旦阅读不再是单纯地解释现象或满足于发生学似的叙述，也不再是归纳意义或总结特征，而是要揭示出历史文本背后的运作机制和意义结构，我们便可以把这一重新编码的过程称作'解读'。解读的过程便是暴露出现存文本中被遗忘、被压抑或粉饰的异质、混乱、憧憬或暴力。因此解读的出发点与归宿必然是意识形态批判，也是拯救历史复杂多元性、辨认其中乌托邦想象的努力。……解读，或者说历史的文本化的最深刻的冲动来自对历史元叙述的挑战，对基奠性话语（foundational discourse）（关于起源的神话或历史目的论）的超越。"① 从这里可以看出，"重读"的目的是要诉诸一种意识形态批判，可以说是把文本作为沉积着丰富的历史文化信息的载体而进行解码式的阅读。正如有论者所说："重读的对象都不被视为封闭的文艺作品，而被视为意识形态动作的'场域'，也就是交织着多种文化力量的冲突'场域'。"② 显然，"重读"的目的并不在于对作品的思想内涵进行重新解读，或是对作品的艺术价值进行重新估定，而是把这些文本看作时代意识形态符号的编码，那么"重读"也就是对产生文本的历史时期的意识形态运作的一种分析与观察。正如李杨所言："选择从'文学自身'进入'历史'，而不是在'历史'或'政治'的环境中讨论'文学'，并不是要从文学的'外部研究'回到以'文学性'为目标，进行形式和结构上的技术分

① 唐小兵：《再解读：大众文艺与意识形态》，香港：牛津大学出版社，1993年，第25页。
② 贺桂梅：《历史与现实之间》，济南：山东文艺出版社，2008年，第189页。

析的'内部研究',而是一种仿佛是颠倒了'由外及内'的社会历史批评的'由内及外'的方式——不是研究'历史'中的'文本',而是研究'文本'中的'历史',或者说,关注的不是'历史'如何控制和生产'文本'的过程,而是'文本'如何生产'历史'和'意识形态'的过程。"①

三、"潜在写作"与历史化研究的空间拓展

当代文学研究的历史化使原有的文学史知识框架的合法性受到质疑,也正是在这一理念下,一些被传统文学史研究忽略和遗忘的领域进入文学史研究的视野,这在某种程度上对传统的文学史书写产生了颠覆性的影响。1999 年第 6 期的《文学评论》上刊发了学者陈思和的文章——《试论当代文学史(1949—1976)的"潜在写作"》。在这篇文章中,陈思和对二十世纪五十至七十年代文学环境中所存在的"潜在写作"现象进行了全面的阐述,重点考察了彼时受制于"一体化"文学理念无法获得公开发表权的隐性文学写作状况,用作者自己的话来说,"就是指那些写出来后没有及时发表的作品,如果从作家创作的角度来定义,也就是指作家不是为了公开发表而进行的写作活动"②。"潜在写作"这一学术命题的提出,为当代文学有关五十至七十年代文学史的叙述与书

① 李杨:《50—70 年代中国文学经典再解读》,济南:山东教育出版社,2003 年,第 367 页。
② 陈思和:《试论当代文学史(1949—1976)的"潜在写作"》,《文学评论》1999 年第 6 期。

写带来了革命性的变化。1999年9月，复旦大学出版社出版了陈思和主编的《中国当代文学史教程》一书。在这部极具个人学术理念色彩的当代文学史著作中，编写者在对五十至七十年代文学作品的选择与解读上，都有意识地突出了"潜在写作"这一学术理念。2007年，刘志荣所著的《潜在写作：1949—1976》一书由复旦大学出版社出版，这部书以上面所提到的陈思和的《试论当代文学史（1949—1976）的"潜在写作"》一文中有关"潜在写作"的学术理路为框架，对五十至七十年代的"潜在写作"现象进行了较为全面的研究。

可以看到，"潜在写作"重点开掘的是二十世纪五十至七十年代一批被遮蔽了的文学存在，其中包括：一是1949年新文学制度确立后被迫边缘化和隐匿化的文学作家，如无名氏的《无名书》、沈从文的《从文家书》、"九叶派"代表诗人穆旦的诗歌等；二是因1955年胡风事件受到牵连而被剥夺了正常创作权的"胡风集团"成员于这一时期的隐性写作，如绿原、曾卓、牛汉在六七十年代创作的诗歌，以及张中晓的《无梦楼随笔》等；三是1957年反右斗争中被打成右派的知识分子的"潜在写作"，如聂绀弩、蔡其矫等的创作；四是"文革"期间的地下文学活动，如食指的诗歌、"白洋淀"诗人群的诗歌、赵振开的《波动》、张扬的《第二次握手》、礼平的《晚霞消失的时候》、靳以的《公开的情书》等。

"潜在写作"这一概念的提出及其相应的学术探讨给当代文学研究所带来的推进力是多方面的。其一，它拓展了学界对新中国成立后五十至七十年代文学研究的视野,长期以来被几近定型化了的当代文学书写格局与模式得以突破,开创了当代文学研究的新视点。其二,"潜在写作"的提出,突显出五十至七十年代文学活动的复杂性与多层面性,从而为重构"一体化"时代的文学描述提供了学理与史料的支撑。正如陈思和所言:"我们要在以往50至70年代的文学史里寻找时代精神的多重性似乎是很困难的,因为公开出版物里难以提供来自这方面的信息。但在引入'潜在写作'的文学史概念之后,这种单一的文学史图像就被打破。80年代陆续出版的一些作家的书信与札记让我们看到,知识分子的精神世界仍然是多层面的,'五四'以来知识分子的精神传统在受到冲击之后并没有自行消失,而是从公开出版的报刊书籍等公众领域转移到了处于边缘、民间的私人领域,以书信、札记、日记等私人话语的形式存在,可是对估量一个时代的精神成果来说,正是这些私人性的文献显示了那个时代人们精神追求的多样性。"[①]其三,"潜在写作"研究以史料的开掘为依托,关注被强大的意识形态话语所压制了的文学隐性空间,从而使有关"一体化"时代的非主流、民间性的文学书写及记忆都具有一种抗争权威话语的思想价值,还原与凸显出历史存在的复杂性的一面。正如刘志荣在《潜在写作:1949—1976》一书的导论中所说:"中国当代文学中的公开写作,其发展是与文学界的'权威者'不断选择、规范的

---

① 陈思和:《试论当代文学史(1949—1976)的"潜在写作"》,《文学评论》1999年第6期。

文学权力等级分不开的,而几乎与当代文学的发展同步建构的'当代文学'学科,也在在体现了这个权力等级。20世纪80年代后写作的各种当代文学史著作,它们的叙述以写作年代公开发表的文学材料为依据,给当时的文学'经典'以最主要的篇幅,从根本上说,依然无法摆脱当时的文学权力等级,这样,它们仍旧无法摆脱彼时的权威以当时的主流意识形态为依据有意识地塑造的'记忆'与'遗忘'的惯性。这种'记忆'与'遗忘'带有强制性,它强迫接受者记忆的'重大事件'和'经典作品',强迫读者遗忘的作家和创作潮流,是当时的权威者'以"不断革命"方式建立"新文化"的主张'的体现,从今天的文学标准来看,常常是充满疑问的。"①其四,对新中国成立后五十至七十年代"潜在写作"的开掘,使得"一体化"时代的文学书写以其隐性的方式与五四以来新文学的启蒙话语以及八十年代文学的现实主义精神复归密切地关联起来,从而使发端于二十世纪初的知识分子话语系统有了一个完整的精神纽带,这对于重新审视新文学的精神价值以及中国现代文人群落的精神传统无疑有着深远的启示意义。

"潜在写作"为当代文学史的写作以及当代文学现象研究提供了新的思路,尤其是为新中国成立后五十至七十年代文学史的书写及评价,提供了真正的"重写""重评"的可能与必要。但对于"潜在写作"这一命题的具体文学实践的可靠性与严谨性,也有学

---

① 刘志荣:《潜在写作:1949—1976》,上海:复旦大学出版社,2007年,第18页。

者从不同的角度发出了质疑的声音。学者李杨指出："'潜在写作'的进入,的确使我们看到了一部面目一新的当代文学史。然而,我们在领略'潜在写作'给文学史带来的生机时,也同时面临着这种新的文学史方法带来的新的问题,尤其是这种方式对文学史写作的一些基本原则所造成的挑战。由于'潜在写作'都是在'文革'后才获得正式出版的机会,因此这些作品的真实创作时间极难辨认。"①的确,由于"潜在写作"的文学史价值与其史料的可靠性密切相关,而其"潜在"的特点,又注定了这种史料的钩沉与推断带有极大的不稳定性,这直接带来的是有关这些"潜在写作"本身思想艺术价值评价的客观性问题。正因如此,学者李润霞在其发表于《中国现代文学研究丛刊》(2001年第3期)上的《"潜在写作"研究中的史料问题》一文中,重点围绕陈思和的《中国当代文学史教程》一书中论及的"文革"时期地下文学的篇目最初写作及发表时间以及版本来源展开了辨析。文中着重考辨了食指的《疯狗》《这是四点零八分的北京》《相信未来》以及根子的《三月与末日》、多多的《青春》等诗作的发表时间及版本流变情况,对陈思和论著中所存在的史实偏差进行了指正。因"潜在写作"的提出而引发的质疑,恰恰使我们看到了史料的整理与考辨在当代文学史研究中的重要性,同时正是随着这种论辩的不断深入,有关当代文学史的论述才渐次摆脱了附着于其上的主流意识形态话语

---

① 李杨:《当代文学史写作:原则、方法与可能性——从陈思和主编的〈中国当代文学史教程〉谈起》,《文学评论》2000年第3期。

的牵制,从而使文学史的研究与书写真正深入其芜杂、多向的历史肌理层面。

四、"重返八十年代"与历史化研究视野的延伸

当代文学研究的历史化与"重返八十年代"成为近年来当代文学研究领域的重要趋向,同时也是两个紧密关联的命题。可以说"重返八十年代"成为当代文学研究历史化的十分重要的途径或策略,而这一研究战略转移的实现都建立在对相关文献史料的开掘与重新阐释的基础上。

当代文学研究的历史化是当代文学学科走向成熟的标志之一,这同时显示出这一学科对自身学科知识体系的严谨态度。从学界对这一命题展开的思路来看,伴随着当代文学学科历史化的梳理,学术界对当代文学成为一门学科的过程以及其至今所形成的所有知识体系进行全面清理与反思。在学者程光炜那里,这种反思首先是从对当代文学作为一门学科的内在规定性本身的质疑与反思开始的:"没有对自己学科的'本质化'想象,就不可能完成对自己学科的'历史化'的工作。这是我们人人都知道的道理。而且'现代文学研究'的'成功实践',也已经把道理摆在了我们的面前。但问题是,在历史长河中,经过'本质叙述'高度肯定和集中的'历史化',也会经常受到新的历史语境的威胁,它们必须通过不断的历史阐释才能恢复活力和生命力,而不像'现在'的这样。正是在这个意义上,当代文学学科的'历史化',应该在不断

'讨论'的基础上来推进,一个讨论式的研究习惯的兴起,可能正是这种'历史化'之具有某种可能性的一个前提。我的理解是,这种'讨论'不光要以文学的'历史'为对象,与此同时,也应该以自己的'已有成果'为对象。它不光要讨论'过去'了的'作家作品'的历史状态,同时也应把研究者的历史状态纳入这样的讨论之中……我所说的'历史化',指的就是这些东西。它指的是,一方面是当代文学学科的'历史化',另一方面我们同时也处在这种'历史化'过程之中。"①

回过头来看,学界较早明确地提出当代文学研究的历史化并对其有意识地系统梳理的是北京大学的洪子诚。2002年,洪子诚将其在北京大学开设的"当代文学史问题"一课的讲课录音稿整理出版,这便是《问题与方法:中国当代文学史研究讲稿》。这本书共有七讲,分别是"当代文学史研究现状""立场和方法""断裂与承续""'当代文学'的生成""文学体制与文学生产""当代的文学'经典'""当代文学的'资源'"。从内容的安排上就可以看出,在这部著作中,洪子诚思之所及的是有关当代文学学科本身知识体系的症候分析,他不是一般地分析当代文学的现象抑或是作家作品,而是展开了对当代文学发生学层面上的追问:"当代文学史研究,我们一开始便会遇到几个相互关联的问题,一个是对'历史'的理解。文学史是历史的一个分支,首先要面对的是对'历

---

① 程光炜、杨庆祥:《文学史的潜力:人大课堂与八十年代文学》,北京:文化艺术出版社,2011年,第18页。

史，如何理解。第二是文学史究竟是'文学'还是'历史'？这个问题是文学史研究难以回避的。第三是'当代文学史'的可能性。"①正是这种回到当代文学知识体系的原点所进行的追问与思考，带来了学界对当代文学学科历史化这一命题的关注与重视。

与当代文学研究历史化命题所紧密关联的一个问题便是"重返八十年代"。对于这一命题的探讨，近些年来在中国人民大学教授程光炜的带动下已取得了不错的成绩。程光炜主编的"八十年代研究丛书"可以说代表了学界在这一研究领域所取得的成果。这套丛书由北京大学出版社于2009年出版，共有三本著作，分别是：程光炜著《文学讲稿："八十年代"作为方法》；程光炜编、洪子诚等著的《重返八十年代》；程光炜编、杨庆祥等著《文学史的多重面孔——八十年代文学事件再讨论》。除此之外，属于这一范畴的研究成果还有：程光炜、杨庆祥主编的《文学史的潜力：人大课堂与八十年代文学》（文化艺术出版社2011年版）和查建英所著的《八十年代：访谈录》（生活·读书·新知三联书店2006年版）。

在程光炜看来，"重返八十年代"与当代文学研究的历史化是一个问题的两个方面，正如他所说："但是我注意到，关于80年代文学的认识、评价和结论，已经被固定在大量的文学史教材和研究论文之中，很多后来的研究，一定程度上是从那里面'拿来'的。这种现象的存在，也许并非没有道理。因为所谓'历史'是必须先

---

① 洪子诚：《问题与方法：中国当代文学史研究讲稿》，北京：生活·读书·新知三联书店，2002年，第16页。

被'固定'下来,才成其为'历史'的。否则后面的人们都无法与之对话。但这样的结果,也会造成把那一代作家、批评家和研究者对文学史的看法,强加在今天的研究者身上,让他们以为这就是自己所发现的'80年代文学'。"①正是带着这样的学术质疑,程光炜踏上了"重返八十年代"之旅,开始了他对当代文学研究中业已成型的一系列命题、表述、结论以及叙述方式的全面反思。他在《文学讲稿:"八十年代"作为方法》一书的第一部分理论综述中,从四个方面展开了有关"重返八十年代"命题内涵的阐释。这四个方面分别是"历史重释与'当代文学'""怎么对'新时期文学'做历史定位""文学史与80年代'主流文学'""重返80年代文学的若干问题"。可以看出,这种问题的预设方式与洪子诚在其《问题与方法:中国当代文学史研究讲稿》一书中所发出的询问有着内在的一致性,而程光炜则尤为注重对八十年代,也就是新时期以来文学内涵的清理,这是因为在他看来:"仅仅在二十多年间,'新时期文学'这一文学史概念就经历了那么多次的颠覆、增删、质疑和重述,我们已经很难再把它放回到当时的'语境'之中。毋宁说,它经历了历史的多次重大改写,它的文学史形象也呈现出了深刻的伸缩、变形和扭曲的现象。如果说,'文学史'是一只篮子,那么,身体早已充分变形了的'新时期文学'是否还放得进去,已经是一个问题。由此不难想到:'新时期文学'是否还适合概括这三

_____

① 程光炜:《文学讲稿:"八十年代"作为方法》,北京:北京大学出版社,2009年,第1页。

十年的文学现象？它是一个确切的文学史概念吗？假如这已成为一个问题，那么，我们该怎样进行下一步的工作？"①北京大学的李杨也于同一时期表达出同样的思考："对我而言，所谓的'重返'是为了与80年代以来的主流文学史和文学批评观念对话，也是与主宰文学史写作和文学批评的哲学历史观念对话。主宰80年代主流文学史叙述的基本观念是所谓文学自主论，所谓文学回到自身，文学摆脱政治的制约回到自身，以及建立在这种文学自主论之上的文学发展观。这种文学史观将'文革'前后的文学理解为一种对立关系，理解为'文学'与'政治'的关系，我要解构的，就是这种高度本质化的二元对立。也就是说，我们提出的'重返'，是试图通过将我们这一代人自认为亲历和熟悉的80年代重新陌生化，以90年代以后的知识与80年代对话，而不是要仅仅停留在对80年代一些经典作品的再分析，或是写出比80年代的批评家更精彩的评论文章。概而言之，在我的理解中，我们的工作不是'重写文学史'，而是对80年代文学史、文学批评的一些前提、一些理念预设进行反思。"②

"重返八十年代"成为学界重构当代文学理论研究模式以及相应的理论话语和命题的重要切入点，这也使得反思和检讨八十年代所积淀下来的知识结构成为对整个当代文学知识体系的反

---

① 程光炜：《文学讲稿："八十年代"作为方法》，北京：北京大学出版社，2009年，第49页。
② 程光炜：《重返八十年代》，北京：北京大学出版社，2009年，第14页。

思。这样来看,对当代文学研究的历史化本身的关注与思考,以及带着强烈的追问意识所进行的"重返八十年代"的深度梳理,都使得当代文学的学科知识体系具有一种自我反思的特质与内涵,这将极大地增强当代文学知识体系的学理内涵,从而使其知识体系不再只是为时政的、当下的、因人而异的评论所涵盖,这对当代文学学科走向成熟无疑有着十分积极的意义。

第二章 当代文学学科视域下的文学期刊及其史料价值

文学期刊与中国新文学的发生与发展有着一种共生关系，它是中国在走向现代的进程中最为重要的文化传播媒介。五四新文学的兴起，"国民文学""平民文学""人的文学"的现代新文学观的确立，都是以期刊作为重要的载体和平台而得以实现的。在中国现代文学史上，正是由于《新青年》《小说月报》《语丝》《创造月刊》《文学月报》《新月》《现代》《北斗》《七月》《希望》《论语》《宇宙风》《文学》等期刊的涌现，才有了流派纷呈、社团林立的现代文学格局。可以说，期刊一方面对现代中国的文学革新、文化传播、思想理论宣传起着至关重要的作用，另一方面也成为孕育中国现代知识分子群落的重要场域。

一、现代作家期刊编辑活动的文学意义

从中国现当代学科建设的角度来讲，期刊进入学界的研究视野，极大地推进和深化了中国现当代文学的研究体系。在现代文学研究领域，从晚清报刊到民国小报，乃至《新青年》发轫之后的新文学期刊，学界已有了较为全面的梳理和开掘。相比较而言，

当代文学研究领域对期刊的研究则起步较晚,近些年来才逐渐成为研究热点。已出版的相关论著有黄发有的《媒体制造》、李明德的《仿像与超越:当代文化语境中的文学期刊》等。可以发现,期刊研究的介入,使得中国现当代文学研究的视点从以往对作家、作品解读转到对文学生产、文学机制、文学接受和文学传播的研究领域上来,这无疑对拓展和深化中国现当代文学的学科体系有着极其重要的作用。

在中国现代文学的教学中,我们常常专注于作家创作的文学作品的影响与成就等,但其实,中国现代文坛许多作家的文学成就不仅体现在文学创作上,而且体现在作为报刊或出版社工作者的编辑活动中,如鲁迅、茅盾、巴金、丁玲、郁达夫等。据统计,在六百多种主要现代文学期刊的编辑名单中,较有名气的现代文化人就有四百多人。可以说,作家的编辑身份与编辑活动对新文学的发生、发展产生了重要影响,甚至从某种程度上可以说,作家们通过办刊、编刊以及图书策划而产生的文学影响不亚于其创作的文学作品所产生的影响,但我们在现代文学史教学中常常将关注点集中于他们的作家身份,而不是编辑活动。

编辑是中国现代作家参与新文学建设的一个重要的方式与身份。对作家编辑身份的研究,是将作家置于文学生产、文学传播的视域中加以研究,开拓了作家研究的边界,同时拓展了现代文学史分析的视野,这对中国现代文学的教学实践也有着重要的意义。学术界关于这一命题已有不同层面的涉及,主要集中在五个方面：一是有关中国近现代文学报刊的研究中，对作家办刊、编刊的现象与活动多有涉及，代表性的如刘增人等著的《中国现代文学期刊史论》；二是关于编辑史、出版史以及近现代媒介传播发展史的研究中，也有对现代作家编辑活动的阐述，代表性的如姚福申的《中国编辑史》、丁景唐的《中国现代著名编辑家编辑生涯》等；三是关于中国现代文学社团的研究中，一些论著着重从社团的办刊活动的视角进行切入，突出了作家编辑身份对文学思潮、文学生产及文学运动所产生的影响，代表性的如金理的《从兰社到〈现代〉——以施蛰存、戴望舒、杜衡及刘呐鸥为核心的社团研究》；四是对现代作家从事编辑工作进行个案研究，这方面较多地集中在对鲁迅、茅盾、叶圣陶、巴金等作家的研究中，代表性的如李济生所著的《巴金与文化生活出版社》；五是现代历史上一些著名编辑或出版人的著述中，对作家的编辑活动也多有论及，代表性的如赵家璧的《编辑忆旧》以及曹聚仁的《文坛五十年》等。

可以说，中国现代作家是新文学生产的策划者、组织者、传播者，其角色内涵、运作方式有着重要的文学史意义。1915年，对新文学的发生有标志性意义的刊物《新青年》在这一年创办。正是依托《新青年》，中国现代作家才有了第一次重要的集结，也拉开了现代作家办刊、编刊的序幕。现代作家的编辑身份及相关的活动对新文学的发生有着多层面的影响，这在文学革命运动的兴起、白话文的实践及推广、新文学社团的形成等方面都有着深刻的体现。从某种程度上可以说，新文学的诞生是缘于现代媒介制造下的一场文学革命运动,作家以办刊、编刊为依托而策动了文学革命。在新文学发生期,伴随着各种学会、社团、职业团体的大量涌现,杂志出版便成为其最常规的一项工作内容,既是同人间的联络工具,也是交流学术心得、发表研究成果的重要园地。期刊在传递现代观念、形成团体认同、形塑国民意识、构建公共场域、传播文化学术等方面发挥着重要的作用。同时,新文学兴起过程中所引发的文学论争、思想论战,常常是作家们以编辑身份依托刊物而进行的带有策划性质的事件。此外,在新文学发生期,作家通过办刊、编刊来实践和推广白话语体以及各式新文体,也是文学革命实绩的一个重要体现。因为在编刊的过程中,需要与不同的作者打交道,需要时时关注刊物受众的情况,需要与刊物的同人协作,所以,现代作家办刊、编刊,极大地强化了作家的社会交往,也极大地强化和丰富了作家的社会角色。

近代以来,随着现代报刊业的兴起,作家的编辑身份改变了作为作者的孤立写作状态,通过编刊,作者与作者、作者与读者之间建立了互动的对话机制。现代文坛上同人刊物居多,作家或因办刊而聚集,或因志趣相同而办刊扩大影响。不同作家群体依托刊物展开论争,不同的社团与流派也因此而形成。一方面,期刊体现了作为媒体的公共领域特性;另一方面,作家通过办刊、编刊活动也使自己极大地公共化。从某种角度可以说,很多作家通过编辑文学刊物所做出的文学贡献,常常超过了他作为作家的文学成就。通过编辑刊物,文学的传播与影响得以最大化,同时也培养了大批文学新人，扩大了新文学的阵营。所以，从编辑视角来研究作家，也会极大地拓展关于现代作家研究的视野。

现代作家的编辑身份与编辑活动对新文学的生产和传播也有着重要的影响。作家通过办刊、编刊参与现代文学生产过程是一个复杂的运营机制，文学期刊代表着新的文学生产方式，许多现代生产环节，如编辑、出版、发行等因素的加入，使现代文学的生产、消费、传播等迥异于古典文学。新的文学生产方式不仅从外部改变着文学的生存环境，而且它本身已经成为现代文学的一部分。文学期刊等传播媒介是新的生产方式的载体与代表，参与到作家写作、作品创作的过程中。在传统的文学创作中，人们一般把文学过程视作由作者的审美创作与读者的审美欣赏构成的，这一过程往往被视为纯粹审美的。事实上，文学期刊等传播媒介参与的文学，已经不仅是抽象的符号系统，而且是与一定的物质材料和技术文明等联结在一起的物态化的具体存在。文学的具体形态与现行的文学运行机制紧密结合在一起，出版者的商业谋略、策划，编辑者的立场与风格，发行网络的规模，读者市场的定位与流动，等等这些技术性、非文学性的因素，在很大程度上决定着文学的面貌，而在新文学的发展过程中，作家正是通过直接参与编辑活动而使自身成为新文学生产的策划者、制造者与设计者。从整体上来看，文学革命运动也罢，白话文运动也罢，都是以思想启蒙为指归，其中新文学的大众传播便显得十分重要了。现代作家正是通过积极参与刊物的创办以及图书的出版策划而使这种传播最大化的。同时,现代文学的发展过程,也是现代文学不断经典化的过程,现代作家的编辑效应在其中发挥着重要作用。

丁玲从二十世纪二十年代与胡也频、沈从文一起出版《红黑》杂志,到三十年代主编中国左翼作家联盟(简称"左联")的机关刊物《北斗》,再到晚年组建和创办大型文学期刊《中国》,期刊编辑工作与丁玲的文学创作活动始终相伴。再看巴金,从1935年至1949年,巴金在文化生活出版社从事编务长达十四年,他在出版社的选题策划、编辑加工、装帧设计、出版经营等方面都有全方位的介入,其间主编出版了"文化生活丛刊""文学丛刊""译文丛书"等系列大型出版物,在中国现代文学史以及翻译史上都占有重要的地位,有着深远的影响。郁达夫从1921年参与创办《创造季刊》起,到1928年主编《大众文艺》,再到三十年代末、四十年代初在新加坡主编《星洲日报》的《晨星》副刊与《繁星》副刊,可以说,编辑工作贯穿了郁达夫文学活动的始终。徐志摩从1924年至1931年去世前,先后参与创办《现代诗评》周刊、主编《晨报》副刊《诗镌》、创办《新月》杂志,其编辑方针与办刊思想对新月诗派的形成有着直接的影响。周瘦鹃先后主编过《礼拜六》周刊、《紫罗兰》、《半月》、《乐观》月刊等杂志,对中国现代通俗文学发展有着重要的推动作用。诗人邵洵美出身名门,家族财力雄厚,从文学创作上来看其成就并不十分突出,但从出版业的角度上来看功莫大焉。自1928年到1950年的二十二年中,邵洵美的全部精力都用在了出版事业上。先后成立了"金屋书店""上海时代图书公司""第一出版社"等出版公司，为徐志摩、郁达夫、胡适、沈从文、巴金、老舍以及夏衍等一大批朋友出书。他还创办了包括《时代电影》《文学时代》《万象》月刊在内的十余种刊物。邵洵美把开书店、出刊物作为终身事业去追求，在中国现代书刊出版史上占有重要的地位。

论及中国现代作家编辑活动的文学史意义这一命题，作家施蛰存极具代表性。施蛰存在中国现代文坛上既是一位独具风格的小说家，又是一位重要的办刊人。他的小说创作与期刊编辑活动，对推动二十世纪三十年代中国现代主义小说的成熟均有着重要的意义。1921年施蛰存与同乡戴望舒、杜衡等结成兰社，编辑《兰友》半月刊。此后的十多年间，施蛰存先后与朋友一起创办了三个书店，即第一线书店、水沫书店、东华书店，主编有文学刊物《璎珞》《文学工场》《无轨列车》《新文艺》《现代》《文艺风景》等。三十年代现代主义文学于上海的崛起与施蛰存的全力打造与推动有着密切的联系。正是在他的推动与实践下，舶来自西方的现代主义文学得以在现代中国的文学土壤中真正地生根发芽并且茁壮成长。从1928年创办《无轨列车》起，身为编辑的施蛰存便十分注重对西方现代主义文艺作品的译介。也正是在这个时期，施蛰存开始有意识地重点推出刘呐鸥的新感觉小说以及戴望舒的现代派诗歌，从中可以看出他对现代派作品的情有独钟。1932年，施蛰存受张静庐的邀请出任文学月刊《现代》杂志的主编，在他的一手经营和打造下，《现代》杂志成为二十世纪三十年代文学期刊中全力推动现代主义文学的重镇。这一方面表现在他以《现代》杂志为窗口,全面介绍外国文学作品和外国文坛信息。在他主编的这份《现代》杂志上,每期所刊的翻译文学作品以及对国外文坛消息的报道占到了整个刊物篇幅的二分之一,这在彼时的文学期刊中可以说是独一无二的。与此同时,新感觉派这个被视为中国现代小说发展史上最为纯粹的现代主义小说流派也在施蛰存的全力推动下风生水起。

通过上述对作家施蛰存办刊活动的分析可以看到,对现代作家的编辑角色和编辑身份的关注,需要着重分析作家身为编辑而给新文学的建设所带来的影响及发挥的作用。所以在具体的教学实践中,应侧重讲解作家如何办刊、编刊及出版策划图书,侧重分析作家如何进行刊物的运营、如何进行选题及栏目的策划、如何进行图书版式及装帧的设计、如何对刊物进行推广发行、如何组稿约稿选稿等,而不是对其文学创作成就进行解析,同时侧重对作家办刊、编刊活动的历史轨迹的考察,以及这种办刊、编刊及图书策划活动与新文学发展之间的关联性分析。总的来说,在中国现代文学史的教学过程中,对中国现代作家的编辑身份和编辑活动进行关注,可以充分发掘现代作家通过编辑活动对新文学建设所发挥的作用及产生的影响,同时也可以丰富和深化对现代作家与新文学生产及传播之间的关联性认识,在以往的注重作家文学创作和文学成就的解析视角之外,着重探讨作家如何以编辑的身份而成为新文学发生及发展的策划者、组织者与传播者。对作家编辑身份的分析,是将作家置于文学生产、文学传播的视域中加以研究，开拓了作家研究的边界，也极大地拓展了现代文学史教学的视野，从而通过对作家编辑活动的史事考察与史实还原，勾勒出另一条新文学生产、建设与传播的历史脉络。

二、当代文学期刊管理与文化领导权

文学期刊是二十世纪中国文学最为重要的话语场，是文学活动得以展开的重要平台。但是在不同的历史时期，文学期刊的存在方式有着不同的特点，这直接导致了不同时代文学形态和面貌的差异性。如果说现代文学史上的期刊是作家得以发表自己的文艺主张、参与新文学建设、探寻实践新文艺的路线、展现自己艺术个性和才华的舞台，那么，在新中国成立后，期刊则成为党对文艺发挥领导权、控制文艺生产、管理文艺工作者的重要平台。文学期刊是推进新文学发展的重要载体，尤其是大量同人刊物的创办，使中国现代作家的公共话语权和创作个性得到了充分展现。而在新中国成立后的五十至七十年代，随着当代文学"一体化"进程的展开，对期刊的管理也纳入高度集中、高度行政化的轨道上来。期刊成为实现党在文艺领域发挥领导权的重要保障。

当代文学期刊的是随着当代文学管理机制的确立而面世的。1949年7月2日至19日，中华全国文学艺术工作者代表大会在北平召开，这成为当代文学序幕拉开的标志。大会通过了《中华全国文学艺术界联合会章程》，成立了中华全国文学艺术界联合会。接着，中华全国文学工作者协会（1953年9月起更名为中国作家协会)于 7 月 23 日在北平成立。紧随其后,《文艺报》于 9 月 25 日复刊,《人民文学》于 10 月 25 日创刊,这两份刊物都是中国作协的直属机关刊物。前者侧重颁布文艺政策、引领文艺思想、指导文学创作、展开理论批评;后者则以发表各类文艺作品为主。随着《文艺报》的复刊与《人民文学》的创办,全国文联与作协的各省、市机构也纷纷创办自己的刊物。当代文学期刊从其创办和管理的方式上来看,从一开始便被纳入了国家意识形态生产的体系之中。正因如此,新中国成立后五十至七十年代的期刊便有了"国家刊物""领导刊物""机关刊物"的称谓。事实也的确如此,与当代文学期刊同步启动的便是国家对期刊的相应管理办法。1949年 2 月 18 日,中共中央批复《北平市报纸、杂志、通讯社登记暂行办法》,标志着新中国政府对期刊管理工程的正式启动。1950 年10 月 28 日,中央人民政府政务院发布了《关于改进和发展全国出版事业的指示》,对期刊运营、管理做出了明确的要求。1952 年 8月 16 日,又颁布了《期刊登记暂行办法》。一系列的举措,使新中国成立后的期刊运作机制一步步地强化着自身的行政化与体制化色彩。

　　期刊本应以办刊特色、刊物风格来显示自身的文化传播价值。但是在新中国成立以后,由于刊物被全面纳入国家意识形态宣传领域,刊物也因所属机构的不同而有了等级的划分。其中,最高级别的是"国家刊物",如《文艺报》《人民文学》等;其次是"大区刊物",如华东区的《文艺月报》、中南区的《长江文艺》、东北区的《东北文艺》、西南区的《西南文艺》；第三个级别是"地方刊物"，包括各省、市文联和作协办的刊物，如《江西文艺》《湖南文艺》《新疆文艺》《贵州文艺》等。原则上低级别的刊物要与高级别的刊物在办刊原则、办刊风格上保持一致。因此，事实上，《文艺报》与《人民文学》便有了引领性、示范性和导航性的作用，而作为全国作协机关刊物的《文艺报》和《人民文学》又要在政策导向、舆论方向上与中共中央宣传部保持一致，而各地的刊物也同时接受各省、市党委宣传部门的指导和审查。这样的层级管理，有效地确保了期刊的政治方向，使期刊成为国家意识形态生活的重要组成。正如有学者所言："50 年代的文学期刊有别于现代文学期刊的'同人'和'民间'性质，而被收编为文联和作协所办的机关刊物。这时的大多数文学刊物不仅担负着文学的'传播'功能，更主要的是作为政治的传声筒和晴雨表，是文学政策和文学运动的'阵地'和'喉舌'。它们主要不是为了适应读者市场，而是维护和贯彻文学政策。文学刊物变成了机构刊物。"①

三、期刊编辑与文学事件

在通常的文学研究视野中，作家、作品常常是被关注和讨论的重心，但从期刊研究这一视角出发，能够发现，期刊编辑这一角色的背后往往隐含着丰富的文学史信息，他们虽不突显于前台，

---

① 王本朝：《中国当代文学制度研究(1949—1976)》，北京：新星出版社，2007 年，第116 页。

却是当代一系列重大文学事件至为关键的交织点。其中包括：刊物主编的办刊导向，刊物主编及编委组成人员的变动，编辑与作家的互动交流，编辑对作品的筛选、处理及修改，等等。这些都成为从编辑视角审视文艺生产、文艺传播和文艺形态的重要场域和途径。作为文学生产的重要参与者、策划者、设计者的期刊文学编辑有其独立的文学史价值，对其的研究也应是文学史研究的重要组成部分。在现代文学研究中，从编辑角色的角度对茅盾、郭沫若、巴金、沈从文、胡风、陈独秀等与现代文学关系的阐述已有深入的探讨；在当代文学研究中，程光炜的《〈文艺报〉"编者按"简论》(《当代作家评论》2004年第5期)、孙晓忠的《当代文学中的冯雪峰——以〈文艺报〉为中心》(《文学评论》2005年第3期)等文，也是从编辑的角度来考察其与当代文学现象的联系的。

编辑的职责与功能，注定了其与文学生产之间的密切关系，而一些重要的文学事件背后，当然也隐含着编辑的身影与命运。最能说明文学事件背后编辑这一角色的文学史价值的是"双百"时期任职《人民文学》的秦兆阳。这一时期，《人民文学》的主编为严文井，实际主持工作的是担任副主编职务的秦兆阳。从1956年下半年起，秦兆阳对《人民文学》的办刊方向进行了大的调整，1956年4月号的《人民文学》刊发刘宾雁的《在桥梁工地上》时，秦兆阳特意在按语和"编者的话"中写道："我们期待这样尖锐提出问题的、批评性和讽刺性的特写已经很久了，希望从这篇《在桥梁工地上》发表以后，能够更多地出现这样的作品。"①正是在他的倡导和推动下，一大批敢于"干预生活""写真实"的后被称为"百花文学"的作品在《人民文学》上被陆续推出，如耿简的《爬在旗杆上的人》、李准的《灰色的帆篷》、白危的《被围困的农庄主席》、荔青的《马端的堕落》、宗璞的《红豆》、丰村的《美丽》、李威仑的《爱情》以及王蒙的《组织部新来的青年人》等。其中引起最大反响的是王蒙的《组织部新来的青年人》②，小说发表于1956年第9期的《人民文学》，一经刊出便引发了大讨论。1957年4月30日和5月6日，中国作协书记处召开了北京的文学期刊编辑工作座谈会，会上重点讨论的便是《人民文学》编辑部对《组织部新来的青年人》的修改问题，作为责编的秦兆阳对自己对作品的修改进行了检讨。亲历这一历史事件的郭小川在日记中写道："荃麟告诉我，说毛主席看了《宣教动态》登的《人民文学》怎样修改了《组织部新来的青年〔年轻〕人》，大为震怒，说这是'缺德''损阴功'，同时认为《人民日报》也是不好的，《文汇报》《光明日报》办活了，《人民日报》在反胡风斗争时是'书生办报'，现在是'死人办报'，现在的'百家争鸣'究竟是谁在领导。主席主张《人民文学》的这件事要公开批评。"③正是在这一背景下，才有了1957年5月9日的《人民

---

① 转引自李杨：《中国当代文学思潮史》，上海：上海社会科学院出版社，2005年，第42页。

② 王蒙的《组织部新来的青年人》为初刊时的题名，一年后修订，王蒙改回原题《组织部新来了个年轻人》。后文出现的《组织部新来的年轻人》《组织部来了个年轻人》亦指该小说。

③ 郭小川：《郭小川1957年日记》，郑州：河南人民出版社，2000年，第79—80页。

日报》上《〈人民文学〉编辑部对〈组织部新来的青年人〉原稿的修改情况》和《严肃对待作家的创作劳动(〈人民文学〉编者修改小说〈组织部新来的青年人〉有错误)》两文的刊出。

四、期刊突围与媒体制造

在现代文学史上,文学期刊多是以同人刊物的方式存在,如《语丝》《新月》《现代评论》《创造月刊》《七月》等,这些同人刊物同时也是凝聚不同作家群体的重要平台。但进入当代以后,随着当代文学生产体制化进程的推进,这些同人刊物成了一种历史现象。同人刊物的消失也喻示着现代以来充满独立意识、个性张扬、崇尚自由精神的公共知识分子群体在当代中国社会结构中的隐退。不过,在新中国成立后"一体化"的文学时代,一些文学期刊和文学工作者曾经做过同人化的努力,但这些努力很快便因政治风向转变而灰飞烟灭,一些当事人甚至受此牵连,惨遭迫害。关注和反思当代同人刊物的处境和命运,也是对当代文学生态语境的一种反思。

当代文学期刊是体制化的产物,层层的行政干预,保证了文学期刊办刊方向由上及下的统一性,但使期刊失去了应有的鲜活性。在"双百方针"时期,当代文学期刊做出了一次体制之内最大限度的调整努力,具有同人性质的文学期刊也正是在这一时期酝酿而生的。1956年,中宣部召开第一届全国文学期刊工作会议,重点讨论如何在办刊过程中落实"双百方针",周扬在会议的总结发言中明确提出:"同人刊物也可以办。"1957年3月8日,毛泽东在接见参加全国宣传工作会议的文艺界代表时说:"苏联十月革命后,教条主义也厉害得很,那时的文学团体'拉普'曾经对作家采取命令主义,强迫别人必须怎样写作。但听说那个时期还有一些言论自由,还有'同路人','同路人'还有刊物。我们可不可以让人家办个唱反调的刊物? 不妨公开唱反调。"①1957年5月,周扬再次提出:"如果办成圈子比较小的同人刊物,当然也可以,像现在的《诗刊》和将要在上海出版的《收获》,就都是同人刊物。"②正是在这一权威舆论背景下,当代文学期刊拉开了革新的序幕。在这一时期,新创办的文艺刊物大量涌现,除中国作协主办的《诗刊》外,由各地作协分会创办的刊物也集中推出,如上海的《收获》、江苏的《雨花》、四川的《星星》、新疆的《天山》、浙江的《东海》、福建的《热风》等。其中,《星星》诗刊由石天河、储一天、流沙河等以"文联"名义创办。编辑部在其创刊号的《稿约》中写道:"我们的名字是'星星'。天上的星星,绝没有两颗完全相同的,人们喜爱启明星、北斗星、牛郎织女星,可是,也喜爱银河的小星,天边的孤星。我们希望发射着各种不同光彩的星星,都聚到这里来,交映成灿烂的奇景。所以我们对于诗歌来稿,没有任何呆板的尺寸……我们欢迎各种不同流派的诗歌。现实主义的,欢迎!浪漫主义的,也欢迎! ……我们欢迎各种不同风格的诗歌。'大江

---

① 毛泽东:《毛泽东文集》(第七卷),北京:人民出版社,1999年,第253页。
② 周扬:《周扬文集》(第二卷),北京:人民文学出版社,1985年,第510页。

东去'的豪放,欢迎!'晓风残月'的清婉,也欢迎!"①这份后来被看作具有同人性质的文学期刊,在反右斗争开始后,被定为"反党刊物",期刊成员也大多被划为右派。此外,最具同人办刊色彩的是1957年6月叶至诚、方之、陆文夫、高晓声、梅汝恺等人在南京筹办的"探求者"文学社团,他们写出了社团的章程,并拟推出同人刊物,在其拟出的社团启事中,表达了意欲打破教条、大胆干预生活的文学呼声。但社团仅仅生存一个月即遭扼杀,其办刊思想遭到严厉的批判。

与同人刊物有着相似命运的是地下民刊。不过二者所处的背景却有很大不同。同人刊物集中地出现在新中国成立后的五六十年代,而地下民刊则存在于新时期以来。1978年12月,《今天》在北京创刊,这份刊物被视作新中国成立后出现的第一份地下民刊。刊物的创办者为北岛、芒克等人。该刊总计出版九期,1980年12月停刊。它的出现,直接引领了新时期第一个诗歌流派"朦胧诗"的兴起,同时也成为"文革"后青年一代思想觉醒的标志。此后,在二十世纪八十年代中期兴起的新诗潮过程中,上海地区的诗人孟浪、陈东东等创办了地下诗歌刊物《海上》《大陆》《他们》等;四川的诗人翟永明、廖亦武、欧阳江河等创办了《非非》;北京的诗人西川、老木等创办了《倾向》,芒克、杨炼、多多等人创办了《幸存者》。九十年代以来又陆续出现了《异乡人》《知识

---

① 《编辑部〈稿约〉》,转引自李怡、毛迅主编:《现代中国文化与文学》(第9辑),成都:巴蜀书社,2011年,第330页。。

分子》等地下民刊。上述地下民刊无一例外都是昙花一现之后便被查禁，个别刊物后来移到国外继续出版。不过从实质上来说，这些地下民刊才是真正意义上的同人刊物，只不过自身不具有合法的发行资质。同人刊物与地下民刊的存在，体现了一些学人以期刊为依托对当代文学生产环境与生产机制的突围尝试。它们虽浅尝辄止，但作为一种现象，其背后所包含的文学史信息却值得关注与探讨。

当代文学在进入二十世纪八十年代以后获得了突破性的发展，其中，文学期刊的推动作用是至关重要的。进入新时期，《诗刊》《人民文学》《美术》《儿童文学》《上海文艺》《文艺报》《收获》《星星》《人民戏剧》《人民电影》《剧本》等相继复刊。《当代》《十月》《花城》《小说月报》《芙蓉》《小说界》等刊物陆续创办。它们的出现，为当代文学的复兴提供了必要的活动空间与条件。

1977年，《人民文学》第11期发表了刘心武的短篇小说《班主任》后，又相继推出了茹志鹃的《剪辑错了的故事》、王亚平的《神圣的使命》、张弦的《记忆》、宗璞的《弦上的梦》。正是这些作品的出现，迅速掀起了"伤痕文学"的浪潮，也由此拉开了新时期文学的序幕。在此后的"反思文学"及"改革文学"浪潮相继形成的过程中，《人民文学》一直发挥着重要的引领作用。新时期文学的复兴与复刊后《人民文学》的锐意开拓有着密不可分的联系。继《人民文学》之后，各地期刊迅速活跃起来，期刊领域开始出现群雄逐鹿的局面。文学期刊界所谓"四大名旦"（《当代》《十月》《收获》

《花城》）、"四小名旦"（《作家》《上海文学》《北京文学》《山花》）以及《钟山》《青年文学》等的活跃，构成了二十世纪八十年代以来中国文学期刊的亮丽风景，同时成为当代文学新潮勃发重要的策划者与参与者。

二十世纪八十年代"寻根文学"思潮的兴起是《作家》《上海文学》陆续刊发一系列有关"寻根文学"的理论文章后，由众多期刊对相关作品的着力打造引发的。1984年第7期的《上海文学》率先发表了阿城的《棋王》，继之而后有1985年第2期《中国作家》刊发的王安忆的《小鲍庄》以及1985年第6期《人民文学》刊出的韩少功的《爸爸爸》。1985年《钟山》杂志从第3期开始推出一个名为"新写实小说大联展"的栏目，从而使以池莉、方方、刘震云、刘恒的创作为代表的"新写实小说"开始将中国文学写作引向直面平民生存、关注凡人凡事、作家情感零度介入的方向。1995年《人民文学》相继推出何申、关仁山、谈歌的作品，从而形成了所谓"现实主义冲击波"。"先锋文学"的出场则是当代中国文学期刊在西方思潮的冲击下，锐意革新中国文学写作的大胆尝试。继1985年《上海文学》第2期发表马原的小说《冈底斯的诱惑》后，《收获》于1985年第5期推出马原的《西海无帆船》和莫言的《球状闪电》，并于1987年和1988年两次开设"先锋专号"，如余华的《四月三日事件》、格非的《迷舟》、苏童的《罂粟之家》等作品正是在这一背景下相继发表的。《人民文学》于1985年推出了刘索拉的《你别无选择》以及残雪的《山上的小屋》。此后，《钟山》《北京文学》迅速参与，余华、苏童、叶兆言、孙甘露、莫言等作家纷纷登台亮相。1995年《作家》《钟山》《大家》《山花》四家杂志为推举文学新人，共同推出了一个名为"联网四重奏"的栏目，这成为新生代作家崛起的一个重要平台。1994年1月《青年文学》推出了"六十年代出生作家作品联展"，1996年《小说界》推出了"七十年代以后"的栏目，《芙蓉》和《山花》也分别于1997年和1998年开设了"七十年代人"和"七十年代出生作家"的专栏，《作家》则于1998年第8期推出了"七十年代出生的女作家小说专号"。进入二十一世纪以来，面对网络文学的冲击以及"80后"作家的崛起，《芳草》杂志于2005年将上半月刊改版为《芳草·网络文学选刊》，将下半月刊改版为《芳草·少年文学选刊》，由此拉开了传统期刊媒介与网络传媒对接的帷幕。《萌芽》杂志于1999年起举办的"新概念作文大赛"，则直接推动了"80后"作家在当代文坛的崛起，韩寒、郭敬明、张悦然等青年作家由此进入当代文学的视野。可以说，当代文学期刊与八十年代以来文学思潮的律动息息相关。

当代文学期刊是当代文学活动最为重要的承载者、记录者，当代文学生产机制的运行、当代文学创作格局的形成以及当代文学思潮流派的兴起都与当代文学期刊有着密不可分的联系。期刊也成为研究者进入这些领域展开研究的重要依托。从建设和完善当代文学学科体系的角度来讲，当代文学期刊不仅为当代文学研究提供了最为丰富的文学史料，其本身从管理机制、经营模式、办刊方针、流通发行到封面插图、栏目设置、审阅校勘等，也都包含了丰富的文学史信息。此外,当代文学期刊作为一种文化传播媒介,它与市场机制、社会受众、职能机构以及意识形态建设之间的紧密关联性,也使深入的文学期刊研究必然是一种跨学科的研究,这无疑会极大地拓展当代文学的研究空间,也会极大地丰富当代文学研究的学科内涵。

第三章　当代文学文本研究中的史料问题及其路径与方法

文本解读是文学研究的基础。文学史研究包括很多层面的东西,如作家作品、文艺运动、思潮流派、文艺政策、文学事件、出版发行等,其中一个焦点式的场域便是文本,可以说文本是沉淀种种文学史信息的一个重要载体。

一、文本的修改及版本研究

有这样一个现象很值得关注,那就是新中国成立后五十至七十年代的一些作品在发表后不久大多有着修改后再版的经历。这些修改本本身包含着丰富的文学史信息,修改本与初版本之间所存在的裂隙,成为沉淀特定历史时期文艺活动信息的场域与符码。可以说,这些作品的每一次修改,都是一次带有意识形态修辞目的的策略性处理。

从版本的流变来看,二十世纪五十至七十年代的这些作品的修改有着许多共同点:首先,这些作品大多在出版后不久就进行了修改,而且有的作品改动幅度很大,在修改加工后很快推出了第二版;其次,这些作品在进入新时期后都进行了再版,在再版过程中,很多作品也进行了不同程度的修改。究其原因,第一次的修改是由于作品发表后,其中的某些内容引起的争议较大,有的甚至受到了较为严厉的批评,如《青春之歌》《战斗的青春》等作品,于是作者在听取批评意见的基础上对原作进行了"修正",从而推出新的版本,这便是再版本。"文革"后的修改是由于这些作品在当时无一例外地受到批判。进入新时期这些作品陆续开始重印,通常这个版本被称为重印本。在重印时作家也大多对作品进行了修改,比如梁斌的《红旗谱》。这样,从版本上来看,五十至七十年代的这些作品大多都有三个版本,即初版本、再版本和重印本。当然,有的作品从初版本到重印本不止三个版本。如《红旗谱》在1959年由人民文学出版社出过一个版本,1963年中国青年出版社出版了小说的第三版。《保卫延安》的重印本也是第四个版本,1954年出的是一个小三十二开的竖排本,1956年出了第二个版本,这一版本较前者改动较大,增加了两三万字的内容,1958年在进一步修改的基础上出了第三个版本。

作品的修改状况不尽相同。《红日》的修改主要集中在对原作中涉及军队干部爱情生活的删减,尽可能剔除人物身上的个人感情色彩。《野火春风斗古城》的修改,用作者自己的话说:"着重修改的地方,是地下斗争力量要有个复线,避免孤军作战;内线工作避免盲动冒险的举动;修订了某些不妥善的爱情纠葛,改变了某些偶然与巧合的情节。"①雪克的《战斗的青春》于1958年由上海新文艺出版社出版后，在津、沪两地引起了热烈的讨论，当时对作品争议最大、批评最多的主要集中在三个方面：一是作品中对叛徒胡文玉的刻画；二是作品中对许凤与胡文玉之间感情的把握与处理；三是作品中对党内斗争的表现。雪克在听取批评意见的基础上，于1960年完成了对原作的修改，增删十万字左右，同年上海新文艺出版社推出小说的新一版，此后于1961年、1962年又接连推出小说的新二版和新三版。在1960年的新一版中，作者将许凤与革命队伍中叛徒的斗争作为鲜明对立的"一红一黑"两条路线的斗争来进行描写，最大限度地剔除了原版本中有关许凤在胡文玉思想发生动摇后依然对他怀着一种复杂情感的表现，尤其是对叛徒胡文玉的刻画，加大了对其丑化的力度，突出了他凶残、可憎的一面；此外淡化了初版本中有关党内路线斗争的描写。可以说作者的这一次修改尽可能地回避了初版本中思想内涵的复杂性与多义性，而是把革命者与反革命者的界线从心理上、行动上以及思想感情上划分得泾渭分明。作品的意义系统变得透明、清澈，革命斗争历史的教育意义也更加鲜明。通过对不同版本的比较，我们可以发现作家对作品进行修改的目的所在。值得注意的是，这些修改都不是在艺术性上进行加工、润色和提高，而无一例外都是对作品的思想性进行策略性的"维护"和"修正"，目的在于增

---

① 李英儒:《关于〈野火春风斗古城〉——从创作到修改》,《人民文学》1960年第7期。

加作品在政治上的保险系数,使作品尽可能地符合写作年代的思想要求。在这些几经修改波折的作品中,杨沫的《青春之歌》最具代表性。这部作品从出版到争论再到修改,清晰地记录下了二十世纪五六十年代文学生产的特定运作方式,可以说是一个有关当代文学生产的"经典"文学事件。

《青春之歌》的修改一直是当代文学评论界的热门话题。小说动笔于1950年,1952年底初步完成,1958年1月由作家出版社出版。小说发表后引起了较大的争论,作者杨沫于1959年在听取批评意见的基础上,对原作进行了较大幅度的修改。1960年3月,人民文学出版社出版了小说的修改本,即小说的再版本。"文革"后,人民文学出版社于1978年对小说进行了重印,这便是小说的重印本,现在能看到的多是小说的后两个版本。评论界谈论的焦点主要集中于小说从初版本到再版本的修改,这一修改成为体现二十世纪五十至七十年代红色文艺作品走向"本质化"叙事的绝好例证。在新中国成立初期出现的众多文艺作品中,《青春之歌》有着特殊的意义。它是新中国成立后出现的第一部以知识分子成长史为题材的长篇小说。作品讲述了"九一八"至"一二·九"这一时期,小资产阶级知识分子林道静如何在党的教育下,最终成长为一位共产主义战士的过程。如果这只是作者杨沫的一次带有自传色彩的文学创作活动,那么作品对林道静这一形象的塑造以及对其经历遭遇的描写便无可非议。但是,小说选材的特殊性意义、"十七年"小说特定的意识形态功能、五十年代对文学作品的政治化阅读方式，注定了作品中对这位小资产阶级知识分子成长过程的描述会成为人们关注的重心。当林道静承担起展现二十世纪三十年代知识分子所走过的革命道路这一宏大叙述时，她的道路就不能听任作者的安排，而必须被纳入一条已经本质化设定的轨道上来，只有这样才能说明林道静走过的道路是一条"正确的道路"，林道静的"成长"也才具有召示性的意义。

在革命的年代里知识分子是如何成长的，知识分子如何才能转变为一位无产阶级革命战士，林道静这一形象是否很好地体现了这一成长过程，1959年《中国青年》和《文艺报》所组织的关于《青春之歌》初版本的讨论，正是围绕这几个方面的问题而展开的。其中来自北京电子管厂的一个名叫郭开的读者对小说的批评最为严厉，他在1959年第2期的《中国青年》和第4期的《文艺报》上连发两篇文章——《略谈对林道静的描写中的缺点——评杨沫的小说〈青春之歌〉》和《就〈青春之歌〉谈文艺创作和批评中的几个原则问题——再评杨沫同志的小说〈青春之歌〉》，就杨沫在林道静这一形象的描写上所存在的缺陷和失误展开了批评。

郭开在文中指出，《青春之歌》"充满了小资产阶级情调，作者是站在小资产阶级立场上，把自己的作品当作小资产阶级的自我表现来进行创作的"。作品"没有很好地描写工农群众，没有描写知识分子和工农的结合，书中描写知识分子，特别林道静自始至终没有认真地实行与工农大众相结合"，也"没有认真地实际地描写知识分子改造的过程，没有揭示人物灵魂深处的变化。尤其是林道静,从未进行过深刻的思想斗争,她的思想感情没有经历从一个阶级到另一个阶级的转变,到书的最末她也只是一个较进步的小资产阶级知识分子,可是作者给她冠以共产党员的光荣称号,结果严重地歪曲了共产党员的形象"。①"我们不允许以共产党员做幌子,自觉地或不自觉地出售资产阶级的思想感情。我们不能把那种穿着工农衣服,戴着共产党员帽子的小资产阶级知识分子当作学习的榜样。"②新中国成立后的知识分子一直就处于接受工农兵再教育的位置上,1957年的反右斗争更是对知识分子非无产阶级特性的一次大批判。所以,当杨沫的正面描写知识分子成长道路的《青春之歌》于1958年出版后,引来作为工人阶级一员的郭开的批判也就十分正常了。郭开的批评看上去涉及了作品的写作立场、人物刻画、思想感情等诸多方面,其实关键一点就是关于如何看待知识分子思想改造的问题。知识分子如何才能走上正确的革命道路,这在毛泽东的《中国社会各阶级的分析》(1925)、《五四运动》(1939)、《中国革命和中国共产党》(1939)等文中已有论断,可以说,这些论断便是对知识分子在新民主主义革命中的角色和作用的"质的规定",郭开也正是以此为据而展开批评的,其结论便带有无法辩驳的说服力。作品是否"真实地"表

---

① 郭开:《略谈对林道静的描写中的缺点——评杨沫的小说〈青春之歌〉》,陈思和主编:《中国当代文学60年:1949—2009》(卷二),上海:上海大学出版社,2010年,第47—48页。

② 郭开:《就〈青春之歌〉谈文艺创作和批评中的几个原则问题——再评杨沫同志的小说〈青春之歌〉》,王尧、林建法主编:《中国当代文学批评大系:1949—2009》(卷一),苏州:苏州大学出版社,2012年,第528页。

现出了二十世纪三十年代知识分子的革命历程,取决于作家是否按照革命领袖毛泽东的有关理论来组织叙事。也正因此,杨沫在作品受到批评的当年便对作品进行了大力度的修改,于1960年由人民文学出版社推出了作品的再版本。

比较初版本与再版本,较明显的便是再版本第二部中增加了林道静到农村工作的八章,即再版本中的第七至第十四章。这样,《青春之歌》由初版本的三十七章扩充为再版本的四十五章。关于这次修改,有论者指出:"新增内容扩大了原作的生活容量,但描写不够成功,与全书不很协调,带有图解政治的某些斧凿痕迹。"[①]这种评价基本上代表了二十世纪八十年代以来学界对《青春之歌》修改结果的普遍看法。但如果进一步深究的话,这种不协调的背后,折射出的是新中国成立后主流意识形态对知识分子这一群体的角色定位与舆论导向。再版本的《青春之歌》最为突出的是增写了关于林道静赴河北深泽县接受农村工作锻炼、进行思想改造的八章。在增写的这八章中,为使林道静完成与工农结合的任务,作者在情节的安排及人物的设置上可谓绞尽脑汁。首先是在林道静的身边出现了几个农民形象:一是革命者李永光的母亲,林道静称其为姑母;二是地主宋贵堂家的长工郑德富以及车夫许满屯。在再版本的描述中,这几个农民形象与林道静相比均具有清醒的阶级斗争意识,有着自觉而坚定的阶级反抗要求,

---

① 朱栋霖、丁帆、朱晓进:《中国现代文学史1917—1999》(下册),北京:高等教育出版社,1999年,第30页。

他们对农村的革命斗争形势与地主阶级的反革命本质也有着比林道静更为深刻的认识。因此,作品中新增加的这三个农民均是以林道静革命道路上的"引路人"身份出现的。也就是说,到再版本时,林道静的角色定位发生了变化。初版本中的林道静是一个带着青春理想一步步寻求革命道路的知识女性,在个人理想与社会使命的结合中,她是带着对自我价值的肯定来追寻的,因此当她真正投身到时代的革命洪流中时,她散发出的是一种充满自信的豪情。但是,到再版本时,作者不仅将林道静作为一个受教育的对象来进行描写,而且在这些农民面前进一步将她作为一个"赎罪者"来进行刻画。正如再版本中所写的林道静面对车夫许满屯时发出的感慨:"认识这些人,向这些人学到许多她以前从没体会过的东西,她觉得高兴;可是和这些人来往,又使她觉得不大自在,使得她身上隐隐发痛。仿佛自己身上有许多丑陋的疮疤被人揭开了,她从内心里感到不好意思、丢人。"①

初版本中的林道静虽然是一位有着种种小资产阶级感情色彩的青年知识分子,但她一心向往革命,也积极投身到革命活动中,将革命事业与自己的人生追求结合起来,始终洋溢着青春的激情。再版本新增的描写林道静赴深泽县农村工作的内容中,已经走上革命道路的林道静则完全是作为一个受改造、受教育的角色而出现在几个劳动者面前的。所以,再版本中新增内容与原作

---

① 杨沫:《青春之歌》,北京:人民文学出版社,1961年,第321页。

的"不协调"，并不仅仅是因为作者图解政治或不熟悉农村生活，而是在于对林道静角色定位的内在冲突。初版本中作者对林道静的人生道路充溢着赞美之情，而在再版本新增的内容中，作者则竭力剖析林道静灵魂深处的小资产阶级思想，并在与劳动农民的比较中，让林道静不断地进行自责、反省与检讨。可以说，这时的林道静已完全失去了歌唱自己亮丽青春的资格，而是一个"老老实实"接受劳动人民再教育的小资产阶级知识分子的角色。在再版本中，作者不仅着重表现林道静阶级觉悟意识稚嫩、浅薄的一面，而且突出了她因出身剥削阶级家庭而对劳动人民所具有的"原罪"身份。这样，林道静要想真正地走上革命道路，她与工农的结合、接受劳动人民的再教育，不仅是必要的，而且是她赎清身上"罪过"的一个机会。将接受改造与"赎罪"联系在一起，知识分子只有经过脱胎换骨式的"炼狱"之路才能走到无产阶级革命队伍中来的设定，就是必然的了。

《青春之歌》动笔于新中国成立初期，那时作者杨沫还可以以革命参与者的口吻来讲述一代青年知识分子的革命历程，意气风发地回顾革命岁月的火热青春。但时至小说出版的五十年代后期，知识分子已在一系列的批判运动中沦为有待改造的对象，即使是讲述曾经的革命历史，他们也失去了与无产阶级革命者平等分享的资格。修改后的《青春之歌》留下了诸多"后遗症"，但正是这些"后遗症"折射出文本生成过程中讲述话语年代的意识形态观念对话语讲述年代的历史面貌的"左右"与"修正"。

二十世纪五十至七十年代作品修改本的大量出现,成为这一时期文学创作中的特有现象。这些作品从发表到修改,再到新版本的推出,其背后大多裹挟着一场场发人深省的文学史事件。修改本与初版本之间所存在的裂隙,便成为沉淀特定历史时期文艺活动信息的场域与符码。红色文艺作品以讲述革命历史为己任,但这种讲述并不以讲述者或亲历者对历史的体认为依据,而是要遵从主流意识形态的话语准则。"修改"成了时代话语介入文本叙事的一种记录,新中国成立初期所开展的对电影《武训传》的批判,便体现了这种话语规约系统所产生的效力。红色文艺作品是将党领导下的革命斗争历史进行文本化的呈现,正是在修改的过程中,这些作品有关的历史叙述才得到了某种规范,同时其对历史的讲述也获得了合法性。重新关注这一现象,解读修改本与初版本的书写差异,便是解析特定时代文艺活动形态的一个不可忽视的领域。

二、文本之间的互文性研究

互文性研究常常被用在比较文学之中,对不同文本之间的内在关联进行分析梳理,从而揭示不同地区、不同时代的文学作品之间的艺术渊源。"互文性"(intertextuality)是产生于当代西方文化思潮中的一种文本理论,它用来表明两个或两个以上文本间发生的互文关系,用这一概念的提出者法国符号学家朱丽娅·克里斯蒂娃的话说:"任何作品的文本都是像许多行文的镶嵌品那样构成的,任何文本都是其他文本的吸收和转化。"①"它包括:(1)两个具体或特殊文本之间的关系(一般称为 transtextuality);(2)某一文本通过记忆、重复、修正,向其他文本产生的扩散性影响(一般称作 intertextuality)。"②下面对格非的《迷舟》和施蛰存的《将军底头》两部作品进行结构性平行比较分析,以期对这种本土文学自身发展过程中所存在的内在联系略窥一斑。

《将军底头》发表于《小说月报》1930年第21卷第10号,作者施蛰存是二十世纪三十年代新感觉派的代表作家,他有意识地运用弗洛伊德的精神分析学进行小说创作,侧重表现人物的潜意识以及多重人格的内在冲突,作品具有十分强烈的现代主义色彩,可以说是三十年代心理分析小说的杰出代表。施蛰存的心理分析小说主要收入《将军底头》《梅雨之夕》《善女人的行品》三本集子中。他最初运用精神分析学创作的小说多是一些历史题材的作品,较有影响的有《将军底头》《石秀》《鸠摩罗什》《阿褴公主》《李师师》等。《将军底头》讲述的是唐代成都名将花惊定奉朝廷之命率领部下到险峻的大雪山下去征伐屡次寇边的吐蕃军队。花惊定本是吐蕃来唐的武士的后裔,以骁勇善战闻名,但这次出征从一开始便使他陷入一种军人使命与民族感情的冲突中。唐军部属贪婪卑鄙的抢掠行径让他深感失望和愤慨,这更令他怀念本民族吐蕃武士的正直勇武,他甚至萌生了投奔吐蕃、反戈击唐的

---

① 朱立元:《现代西方美学史》,上海:上海文艺出版社,1993年,第947页。
② 陈永国:《互文性》,《外国文学》2003年第1期。

念头,但来到边境小镇后,花惊定将军深深地陷入了对一个大唐少女的爱恋之中。性爱的欲望、何去何从的战争选择在他的内心纠缠在一起。带着这种暧昧思绪困扰的花惊定将军被动地卷入了战争,两军激战中花惊定被吐蕃将领砍下了首级,但他依然策马而行,来到了所恋少女所在的溪边,在少女的讥讽逗笑中,轰然坠地。

小说《迷舟》发表于《收获》1987年第6期,距《将军底头》的发表有半个多世纪之久,作者格非是二十世纪八十年代中期崛起于文坛的先锋小说派代表作家,在另一种有关文学思潮的表述中,也被视为新历史小说派的重要成员。《迷舟》讲述的故事发生在北伐战争时期。1928年北伐军先头部队攻占了兰江与涟水交接处的重镇榆关,孙传芳在临口大量集结部队,同时急调所属三十二旅旅长萧率部驻守涟水下游的棋山要塞。萧所驻扎的河对岸正是自己的家乡——小河村,而攻占榆关的北伐军正是自己哥哥所率领的部队。战争在即,萧却被一种难以名状的情绪困扰着,接到父亲的死讯后,萧带着警卫员潜回家乡小河村。在父亲的葬仪上萧遇到了自己的初恋情人杏。杏的出现点燃了萧内心的情欲之火,也使他淡忘了眼前的这场战争。萧与杏的偷情被杏的丈夫三顺发觉,三顺残忍地惩罚了杏之后将其送回娘家所在地榆关。本应回部的萧得知这一消息后只身去榆关看望杏,但他的榆关之行被视为投敌之举,在母亲惊愕的目光中,萧丧命于奉上级之令暗中监视他行为动向的警卫员的枪口之下。

两篇小说都属于有关战争的历史题材作品，讲述的都是军人丧失生命的过程。细察之下可以看出，这两篇小说实际上有着相同的情节结构模式。这一模式可以还原如下：

开端：主人公奉上级之命执行一项军事任务。

情节发展一：主人公与敌对方存在着私人关系。

情节发展二：因与敌对方私人关系而引发内心冲突。

情节发展三：主人公在前线遭遇爱情。

结局：主人公因爱而死。

可以说，两篇小说的整体故事框架、情节发展进程以及显在与潜在的矛盾冲突都有着明显的对应关系。两个文本的情节推进采用的都是内冲突模式，作品中的主人公都是肩负作战使命的将领，他们都与敌对方存在着一定的私人关系。《将军底头》中的主帅花惊定是敌对方的后裔，征伐的是自己故国的军队；《迷舟》中萧旅长面对的则是自己哥哥的部队。这种关系的存在引发了主人公内心的矛盾冲突，花惊定陷入了战争使命与种族感情的冲突之中，而《迷舟》中的萧旅长则面对着战争与亲情的冲突。这种冲突的存在成为推动情节向前发展、左右主人公命运的内驱力，同时也是两部作品表现的重心所在。这种面对战争的矛盾心理，为他们后来将战争置之脑后而深陷个人情感空间提供了可能。故事情节发展的转折点是爱情在两位主帅身上的发生，这也是主人公命运的转折点。《将军底头》中花惊定在边境小镇爱恋上一个大唐少女,《迷舟》中萧旅长在家乡与初恋情人杏重逢。这便使整个故事情节的矛盾冲突由此前的身为将帅的职责使命与种族、亲情的冲突,转变为所处战争局势与个人感情生活的矛盾冲突。一场爱情故事在不该发生的时刻、不该发生的地方、不该发生的人身上发生了,悲剧的结局便笼罩上了一层宿命的色彩。

《将军底头》与《迷舟》不仅有着一个相同的情节结构模式,而且在角色设置以及人物内在的关系上也有着诸多的统一。《将军底头》中的主要人物有花惊定、大唐少女、少女的哥哥、花惊定属下的一名骑兵。《迷舟》中涉及的主要人物也有四人:萧、杏、杏的丈夫三顺、萧的警卫员。从人物角色上来看,两篇小说的主人公花惊定和萧都是将领身份,而且都出身行伍之家。花惊定的祖父是吐蕃的一位武士,而萧的父亲则是小刀会的成员。他们有着相同的使命——赴前线阻击敌人;他们面临着相同的两难困境——一个面对的是本民族的军队,一个面对的是亲兄弟的队伍。这使他们面对眼前的这场战争显得犹疑不绝。大敌当前,两位主帅可以说都犯了兵家之大忌。他们都在战场上迷失于个人的情感生活,最后也都因这不合时宜的爱情而走上了不归路。这对主人公虽处于不同的时代,花惊定生活于唐朝,萧生活于民国,但两个人的身份、职责、遭遇、结局完全一致,他们走过的也是一段完全相同的人生轨迹。

花惊定和萧在爱情上,也处在极为相似的人物关系网中。花惊定面对的是一对兄妹,而萧面对的则是一对夫妻,但这一人物关系的差异,对于主人公的感情处境来说并没有什么本质上的不同。《将军底头》中大唐少女的哥哥是边境小镇上的一位孔武威严的勇士,他右手握长矛,左手持号角,守护在妹妹的身边。在这组人物关系中,他扮演着妹妹的监护人角色,保护妹妹不受他人的侵犯。对花惊定而言,大唐少女的哥哥是他获得自己心之所爱的现实阻碍。所以在两军对垒中,当花惊定看到大唐少女的哥哥在战斗中身亡时,作品这样描写花惊定当时的心理:"将军兜上了心事,不想恋战了,将军尽让他的骏马驮着他向山岗上奔去。将军想起了那个少女,现在哥哥死了,她不是孤独了吗?谁要来保护她呢?她不是除了哥哥之外,家中并没有别的人了吗?将军这样想着,便好像已经看见了这个孤苦无依的少女,在他的怀抱之中受着保护。将军心中倒对于这个武士的战死,引为幸运了。这时的花惊定将军完全是自私的,他忘记了从前的武勇的名誉,忘记了自己的纪律,甚至忘记了现在是正在战争。"①大唐少女哥哥的死使花惊定意识到爱情路途上屏障的消失,他距离自己的心之所爱更近了,却不料死神也相伴而至。他忘记了自己置身其中的战争,正是这一忘记使他被敌将砍去了头颅。在《迷舟》中,杏的丈夫三顺是村子里的一名兽医,他精通医术又剽悍有力,能掀翻一头黄牛。与《将军底头》一样,在这组人物关系中,三顺是妻子杏

---

① 施蛰存:《施蛰存名作——薄暮的舞女》,北京:中国华侨出版社,1997年,第124页。

感情生活的监护人,也是萧爱欲达成的障碍。萧趁三顺外出捕鱼时与杏的偷情行为被三顺发现后,三顺将自己不贞的女人阉了后送回了娘家。萧为了探望杏决意只身前往榆关,在河边渡口与意欲报复萧的三顺相遇。三顺被萧的痴情感染,放弃了杀死萧的机会,萧得以成行。这时对萧来说他获得爱情的现实阻碍也已消除,但也正是这次榆关之行,使他步入了地狱之门。可以看出,在这场战地的爱情故事中,花惊定与萧、大唐少女与杏、大唐少女的哥哥与杏的丈夫三顺存在着互为对应的关系,三者之间的角色关系,也都处于同一种人物冲突模式中。

最后再来看一下《将军底头》中的一个无名骑兵与《迷舟》中萧的警卫员这两个角色。《将军底头》中描写了一名花惊定手下的骑兵,他之所以跟着花惊定去征战,是因为花惊定的部队常常获胜,而自己便可以趁机奸淫掳掠。当花惊定的部队驻扎在边境小镇之后,这个武士贪恋大唐少女的美色而持刀胁迫对方,被少女的哥哥发觉后捉拿到花惊定的面前。花惊定为了严肃军纪下令处死了这名士兵,而自己却暗自喜欢上了美貌的大唐少女。违纪的士兵虽已被斩首,但花惊定总感觉到对方的一双眼睛在窥视着自己的内心。因为花惊定的意识深处,可以说有着与手下的那个士兵一样的欲念,只是因身份所限没有表现出来而已。所以当花惊定看到被处死的士兵那挂在树枝上的头颅时,作品这样写道:"将军心里微微地震动了一次,他看见那个骑兵的首级正在发着嘲讽似的狞笑。这样的笑,将军是从来没有看见过,而且是永远不会忘记了的。"①相比之下，《迷舟》中萧的警卫员这个形象较为模糊，也较为单薄。在萧看来，这是一个愚钝而不谙世事的年轻人，只因多年的战争使自己周围一些熟悉的面孔相继离去，一直跟随在身边的警卫员便成了他在纷飞战火中的唯一伙伴。但就是这个看似胆小、笨拙、忠实的警卫员，最后却成为结束萧生命的行刑人。原来警卫员奉师长之命暗中监视萧的动向，因攻陷榆关的是萧的哥哥的部队，所以一旦有人向对方传递情报，整个作战计划就将全盘落空，因此师长指令，如果萧去榆关，务必将他就地枪决。《将军底头》中的骑兵与《迷舟》中的警卫员尽管在细节描写上有着诸多不同，但从他们与主人公花惊定和萧的关系来看，则有着同样的角色内涵，他们都是各自主人的监视者。《将军底头》中的骑兵虽被砍了头，但他那嘲讽似的狞笑成为花惊定将军挥之不去的记忆，这记忆时时逼视着花惊定的灵魂，成为审视花惊定内心世界的又一双眼睛。而《迷舟》中警卫员的这一角色功能体现得更为直接，他暗奉的使命使他在故事中扮演的就是一个监视者的角色。从叙事功能上来看，他们都承担着从外在的视角来观照中心人物行动和内心活动的作用。

《将军底头》与《迷舟》都是历史题材小说，在叙述特定的历史事件时，两部作品都将身处历史事件中心位置的人的心理动机与潜意识活动推到了历史的前台，展露在聚光灯之下。在对人物的

---

① 施蛰存：《施蛰存名作——薄暮的舞女》，北京：中国华侨出版社，1997年，第112页。

内心世界进行开掘时，都明显地受到弗洛伊德精神分析学的影响，在事件的发展进程中，力比多成为左右人物行动、改变人物命运的一个重要因素。

　　深入开掘人物丰富复杂的内心世界是两篇小说叙事的重心，主人公花惊定与萧在两个不同的故事情景中走过的是一段相同的心路历程。他们虽然都身为主帅而且有战事在身，但都有一种与职责相冲突的多愁善感的性格特点。面对战事，作为主帅本应气定神宁、运筹帷幄，但花惊定与萧都陷入一种无法排遣的迷茫中，为了突出人物纷乱无绪的心理状态，两部作品都不约而同地把故事的发生时间放在了一个阴雨绵绵的天气里。《将军底头》的前半部重点描写的是花惊定在奉命征伐吐蕃族的途中内心对于种族问题的思索和冲突，是"替大唐尽忠而努力杀退祖国的乡人"，还是"奉着祖父的灵魂，来归还到祖国底大野底怀抱里"，这两种思想在他的心头激烈地对抗着、冲突着，难以取舍。作家对花惊定因军人使命与民族感情的矛盾而激起的内心波澜进行了充分的展现。相比较而言，小说《迷舟》中对造成萧心神不宁的心理因素展现得并不充分，作家格非似乎更注重对整体氛围的营造以及萧的外在神态状貌的描写。可以想到，当萧即将率部与自己哥哥的部队打响战斗，战火即将在自己美丽而平和的乡土上点燃时，萧的内心一定充满着种种矛盾与犹疑，但作品对这一丰富复杂的内宇宙世界更多的是隐而不叙，将想象的空间留给了读者。抛开细节不论，我们可以感知到，两位主帅在大战来临之际，思绪却渐渐地远离了战场，这为他们后来不顾使命与职责而陷入个人的感情天地做了必要的心理铺垫。两篇小说的后半部分都转向对主人公感情遭遇的描写，迷茫的心理被情欲填充之后，理性便悄然引退，主人公花惊定与萧的行为完全由潜意识深处的本能欲望支配。《将军底头》结尾处，被敌将砍去头颅的花惊定依然骑马来到少女身边，作品于奇伟怪丽的描写中，突现出力比多强大的支配力量。同样，《迷舟》中萧也迷失在熊熊的情欲之火中，正是在潜意识深处爱欲力量的驱动下，他擅离职守深入敌区去探望情人。可以说，这两篇小说都是以战争为依托，以身处战争情景下的人为焦点，深入探索的则是人性这一永恒的话题。就作品所开掘的深度而言，《迷舟》不及《将军底头》。小说《将军底头》中交织着军人职责、民族感情、战争与爱情等多重冲突，并对这种冲突进行了充分的展现，从而获得了极大的文本内张力，也使有关人性的思考达到了一定的厚度与深度。小说《迷舟》虽然也具备开掘人性和人物心理深度的种种要素，但作家更多是把这些因素作为营造氛围、制造悬念、埋下伏笔等叙事方面的技巧来使用，这使得作品空有阅读的愉悦，而无思想回旋的余地。这一现象也是二十世纪八十年代后期崛起的先锋小说共有的一种缺陷，正如洪子诚所指出的："'先锋小说'总体上的以形式和叙事技巧为主要目的的倾向，在后来其局限性日见显露，而不可避免地走向形式的疲惫。"①

　　进一步来看,《将军底头》与《迷舟》这两篇小说在讲述历史的方式上也体现出共同的审美趋向。他们一反传统现实主义对历史的宏大叙事方法,不再将历史视作受社会发展规律支配的历史进程,也不再试图为历史梳理出一条因果相连的发展链条,而是伸入构成历史事件的主体的精神深处、人性深处去感知历史之实,"在对'历史与人'这一总题旨的诗意领悟中,把目光从传统的理性原则转向长期被忽视或遗忘的人的非理性方面,不断返回到个人经验与人性之根,揭示出历史极具意味的一面"②。花惊定与萧不再是某一历史事件中无声的组成部分,而是成为解开历史隐秘的关键点,成了言说历史的主体。文本所呈现出的历史叙述方式包含着的是有关历史认知的问题。历史本身是无法再现的,所以历史只能存在于讲述之中,它只能是一种认识的结果、理解的结果。传统的历史叙事注重的是对历史本质的揭示、历史发展规律的把握,但这种历史认识方式在后现代主义的历史观念里受到了全面的质疑。福柯认为,以往的历史都是虚妄的,是人类编排的结果,历史没有任何连续性,也没有其目的性和因果性。因此,要想清理出历史的脉络,清理出历史自身的规律和因果联系,那是虚妄的。用福柯的理论来审视《将军底头》和《迷舟》这两部作

---

① 洪子诚:《中国当代文学史》,北京:北京大学出版社,1999年,第339页。
② 张冬梅:《消解与构建——论新历史小说的话语意义》,《沈阳师范学院学报》(社会科学版)2001年第2期。

品,反映出的正是这样一种历史观。它们力图揭示被传统正史叙事遮蔽了的人的内心隐秘,而对于个体存在的人来说,这被遮蔽的部分才是他最为真实的存在,也是历史存在中最为丰富复杂、最具魅力的所在。如果不是进入人物的心灵深处进行开掘,这两篇小说外在呈现给人们的将是两个十分空洞的故事框架。被隐匿在历史深处、随个体的人的消亡而不复存在的历史秘密借助于文学的诗性想象与表达被重新呈现,这也是文学创作的魅力所在,"文学能够为逝去的历史留下活生生的心灵化石,文学文本密码可以揭示那曾逝去的自我塑造型遭到敞开或压抑的历史,文学符号系统可以'复活'那些业已逝去的人所经历过的一切并使当代人产生心灵的'共鸣'"①。

《迷舟》是当代新历史小说创作中出现的一篇十分醒目的作品,而新历史小说业已成为当前学术界在描述新时期小说开创性成就的一个重要的文本依据。但我们将二十世纪三十年代施蛰存创作的《将军底头》《石秀》《鸠摩罗什》等历史题材作品与格非的《迷舟》《大年》、苏童的《妻妾成群》《红粉》、余华的《古典爱情》《鲜血梅花》等新历史小说放在一起比较时,其美学特征、人性表达以及历史认识观等方面的一致性是不言而喻的。但这种自身文学创作发展过程中内在的精神联系,一定程度上被我们一味地求新、扬新的理论诉求心态忽视,这对于评判远去了的作家作品

---

① 刘俐俐:《隐秘的历史河流:当前文学创作与批评中的历史观问题考察》,天津:天津人民出版社,2002年,第10页。

的文学史价值是有失公允的。当然,施蛰存的历史题材小说与新历史小说毕竟处于不同的历史语境之中,这便使它们虽然有着诸多艺术上的内在一致性,却有着不同的文学史内涵。施蛰存的作品通常是被置于"海派"这一范畴内而加以论述的,由于三十年代左翼文学是中心与主流的存在,这使极具现代主义色彩的艺术实践被赋予了一种商业化与纯艺术的特定内涵。而八十年代中后期的新历史小说则置身后新时期的语境当中,文体变革的集体冲动以及对新中国成立后革命历史题材小说话语规范的突破,使它获得了更多的超文本的文学史意义。

三、文本的改编与传播的研究

中国现代文学史上的许多作品在问世后都有着改编成其他文学艺术样式的经历,如《阿Q正传》《祝福》《子夜》《家》《林海雪原》等。改编,是一次对原文本进行再创作、再诠释的过程,看似同一故事框架,但经过改编之后,其叙事重心、意义指向会发生不同程度的变化,这种变化常常折射了改编年代的文学理念以及思想意识。体现这种研究思路特点的是孟悦对《白毛女》的分析。她在《〈白毛女〉演变的启示——兼论延安文艺的历史多质性》一文中,对《白毛女》这部作品从最初的民间故事到歌剧,到电影,再到芭蕾舞剧的发展演变过程及不同文本之间在情节模式上的变化进行了独到的分析与阐释。通过对不同版本的《白毛女》的比较,孟悦揭示出白毛仙姑这样一个原生态的民间故事,怎样经过加工改造，从乡民之口，经文人之手，向政治文化中心流传迁移的过程，而这一过程也揭示了起于二十世纪四十年代延安文学时期直至新中国成立后五六十年代文学的生产方式与生成环境。

文学作品的阅读、接受、改编与流通是其意义生产与传播的重要组成部分。通过对作品出版、发行情况的考察，我们可以看出对于中国当代许多文学作品，接受者不是通过对原文本的直接阅读，而是通过对电影、戏剧、戏曲、连环画等改编后的文本形式的欣赏来完成接受的。所以，观察和分析当代文学作品的改编状况，也是对作品文学生产及运作方式的一种研究。以《红岩》为例，1961年小说由中国青年出版社出版，1963年解放军空政歌剧团根据小说改编出七场歌剧《江姐》，1963年中国铁路文工团话剧团将其改编为四幕十一场的同名话剧，1965年北京电影制片厂将其改编为电影《在烈火中永生》，此外还有根据小说改编出的各种曲艺种类，等等样式不一而足。在众多的艺术样式中，电影、戏剧、连环画因其形象性、直观性尤为受到重视。

新中国成立后，较受欢迎的文学作品大多被改编为电影，仅五六十年代，就有《吕梁英雄传》《新儿女英雄传》《铜墙铁壁》《铁道游击队》《青春之歌》《红旗谱》《林海雪原》《红日》《野火春风斗古城》《红岩》《苦菜花》等十余部长篇红色文艺作品被改编为电影。新中国成立初期的文艺作品还有一个较为重要的传播途径，便是以"小人书"的形式进行普及。"小人书"学名连环画，一般以六十四开本装订，绘图上大多是单线描绘的"绣像"，像国画的白描,配以简短的文字说明。新中国成立以后,"小人书"日渐兴旺,那些过去充满才子佳人的故事内容从画面上消失了,取而代之的是取材于文学名著、历史故事类的作品,如《三国演义》《水浒传》《大闹天宫》等。其中,反映革命历史斗争类的作品占据了绝对的比例,如《刘胡兰》《鸡毛信》《小兵张嘎》《敌后武工队》《铁道游击队》《平原枪声》《林海雪原》《红岩》《烈火金刚》等。这些"小人书"一经面世,大受欢迎,书的印数都能达到几十万册,畅销的甚至高达上千万册,成为五六十年代国民大众尤其是少年儿童的主要读物。

新中国成立后的这一批红色文艺作品在出版不久后就纷纷被改编为种类繁多的艺术样式,这些艺术形式适合不同年龄、不同文化层次的民众来阅读和观看,这使这些小说的故事内容在全国范围内得到了最广泛的传播。改编一方面是一种传播的手段,另一方面也是实现大众化、解决文艺普及问题的一种有效途径。红色文艺作品之所以受到如此重视,一方面来自新中国成立后对新文艺建设的需要,另一方面更在于小说本身所具有的意识形态功能。红色文艺作品是为中国共产党领导下的革命斗争塑形,它所担负的意识形态功能只有通过广泛的传播才能发挥出作用。就新中国成立初期绝大多数民众的文化水平来看,小说显然不是达成这一目的的理想形式,所以要想使红色文艺作品的意义系统得到真正的普及,使有关革命历史的叙事能够最广泛地得到接受和认同,采用"为老百姓所喜闻乐见的样式"来进行传播,便显得十分必要了。

文艺作品的改编，不仅是出于传播的需要，而且是一个对作品的意义系统进行再次提纯和完善的过程。通常，改编后的作品，其意义内涵会得到进一步的"净化"，有时在叙事指向上也会得到进一步的"修正"。《青春之歌》于1958年6月由作家出版社出版后，1959年就被北京电影制片厂搬上了银幕。影片由北京电影制片厂的崔嵬、陈怀皑共同执导，编剧还是小说的作者杨沫，当时杨沫在北京电影制片厂从事编剧工作。与小说相比，改编后的电影主要的变化体现在以下几个方面：一是影片较小说更为清晰地呈现出林道静的革命成长过程。在对林道静思想性格的刻画上，保留了她单纯、热情的一面，并进一步强化她独立自主、追求革命的思想要求，而尽可能地淡化甚至去除了多愁善感、脆弱依恋的成分。二是在人物关系的处理上，减少了感情纠葛，更多地表现了不同人物在革命道路上的分化与重组。在林道静与余永泽的关系上，影片主要突出两人的思想分歧。与小说相比，电影中的林道静在与余永泽的交往中更主动，而减少了对对方的依附。另外，在林道静与江华的个人关系上，影片也只是做了暗示性的处理，没有呈现小说中江华对林道静进行直接的感情表白的场景。而小说初版中所表现出的林道静与许宁以及赵毓青之间微妙的情感关系，在影片中则了无痕迹。三是在情节的设置上也对原作进行了一定的调整。影片中在林道静从北戴河回北平的时候，增加了学生南下示威团在北平车站上卧轨的一场戏，目的是让林道静目睹火热的革命运动场面,从而更加迅速地激发她投身革命的热情,也大大缩短了她迷惘的过程。另外,影片增加的一个情节是林道静在定县教书时经历的农村革命斗争。小说中林道静在定县教书时组织学生闹学潮的情节被删去,取而代之的是江华在定县一带组织农民抢收麦子的情节,并且还专门安排了林道静深夜替江华给农民送信这一细节。这样的处理,主要体现出林道静在成长过程中与农民阶级的结合。值得注意的是,1959年制作《青春之歌》这部电影的时候,也是小说引起大讨论的时候,《中国青年》和《文艺报》在这一年都开设专栏对作品展开讨论,讨论中主要的批评意见就集中于林道静成长过程中缺乏与工农大众结合、充满小资产阶级情调以及入党后不够成熟等问题。可以看到,杨沫在进行电影剧本的改编时,已对这些批评意见进行了充分的吸纳。影片中对小说所进行的这些修改,在1960年由人民文学出版社出版的小说再版本中都得到了进一步的强化。其中电影中增加的定县农民割麦的情节,在再版本中已扩充为林道静赴深泽县农村生活锻炼的八章内容。不过与小说的再版本相比,影片中所增加的这些情节处理得较为自然,不像再版本中增写的内容给人一种生搬硬套的感觉。总之,不管是小说的再版本还是电影,都有迎合彼时主流观念的痕迹。改编后的电影《青春之歌》较原作在叙事上更为"纯净",林道静的革命成长过程也被表现得更为清晰和坚定。文艺作品在被改编为电影、戏剧时,改编者不仅在情节安排、细节表现等方面做出修正,而且运用这些艺术样式所独具的表现手段，如布景、舞台设计、音乐、灯光、镜头等，在人物刻画、气氛渲染、突现主题等方面进行了精心的营造。小说《林海雪原》，先被改编为同名电影，后又被改编为革命样板戏《智取威虎山》，其间所做的调整与处理都可看作在诉求革命意识形态这一理念的驱使下所做的润色与修辞。九十年代以来，以"红色经典"的名义再次掀起改编红色文艺作品的热潮。《新儿女英雄传》《红岩》《红旗谱》《林海雪原》等作品相继被拍成电视连续剧，改编后的这些影视作品引发了不小的争议。不过这一次的改编已不是五六十年代那种在同一意义系统下的提纯与再加工，而是在当代大众审美趣味、商业运作以及主流意识形态宣传等多种因素错综复杂的纠合下的产物。改编后的文本以及改编现象本身有着十分复杂的文化内涵，已属另一个话题范畴，在此不做详述。

由此可以看到，文本研究包含了对文本的内部研究与外部研究，可以将文本自身以及文本的生成过程、生产方式、流通转换、接受阐释视作一个个承载着种种文学史符码的场域来进行解读，从而由文本研究辐射到对不同时期文学环境、文艺思想以及文学活动状况的分析与透视上。这样来看，文本便成为记录文学活动状态与发展轨迹的活化石，解读文本，也便如一种考古式的寻踪揭秘，将文本中所积淀着的丰富的历史信息挖掘展示出来。

第四章　当代文学研究中作家经历的
文学史意义与价值

　　中国当代作家是中国当代文学发展史的亲历者、参与者与见证者,当代作家的人生经历成为当代文学历史的重要组成部分,尤其是对于从新中国成立之初便参与当代文学建设的那一批作家来说,他们更是一系列波澜起伏的文艺运动的亲历者。正因如此,他们的生活轨迹、人生遭际等也成为当代文学历史的一种生动记录。也正因如此,梳理和解析一代作家的人生经历便在某种程度上具有了分析和审视当代文学历史肌理的意义与价值。

一、王蒙的共和国历程与文学生产

　　就当代作家而言,不只其文学创作,他们本身的人生经历同样是所处时代文学历史内容的组成部分。透过作家的人生遭际,可以更为直观地把握当代文学丰富和复杂的文学史内涵。在当代作家中,王蒙可谓共和国文学最为重要的一位参与者;同时,他的人生经历也与新中国文学的发展史深深地缠绕在一起。因此,追溯王蒙的人生轨迹,某种程度上也是对共和国文学史的一种梳理和把握。

　　王蒙，1934年生于北京，但他更愿意强调自己是河北省南皮县潞灌乡龙堂村人，因为他的父亲是从那里走出来的。关于自己的父亲、母亲以及那个他年幼时成长的家庭，王蒙在长篇小说《活动变人形》里有着真切的描写。小说主人公倪吾诚的种种情状，不只缘于作者对中国现代知识分子精神弊端的提炼与隐喻，而更多的是王蒙对自己的父亲王锦第人生的真实写照。正如王蒙所说："这些最最沉重的经验我写到《活动变人形》里边去了。"①

　　王蒙小学就读于北京师范学校附小。1945年日本投降时，王蒙上小学五年级。后直接跳级考中学，考取私立的、以教会伦敦会为依托的平民中学（现北京市第四十一中学），其间开始与地下党组织有所接触，阅读了一些左翼书籍。1948年王蒙初中毕业，获得了一生中唯一的学历文凭。后入读河北高中，并在这一年加入中国共产党。1949年1月北平解放。是年3月，王蒙参加了工作，在新民主主义青年团北京市委中心区做中学团的工作，后去中央团校学习。1950年5月，作为中央团校第二期毕业的学员，王蒙被分配到北京团市委第三区团工委，任中学部以及组织部的负责人，后又担任团区委副书记。正是在这里，王蒙与崔瑞芳结识并相恋。"那是一个特别无拘无束的年代。许多男女生恋爱，我们只觉得特别美好，从来没有哪些学生不能谈恋爱之类的想法。所以，我后来称这个时期为恋爱的季节。从一九四九年到一九五

———————

① 王蒙：《王蒙自传 第一部 半生多事》，广州：花城出版社，2006年，第16页。

七年,那时的中国是爱情的自由王国。"①新中国成立后的那种新生活的景象感动着王蒙,恋爱中的王蒙也有着种种喜悦与激情想要去表达。王蒙正是带着这样的情怀开始了他的文学创作。1953年王蒙动笔写作长篇小说《青春万岁》。"一九五三年我十九岁,十九岁的王蒙每天都沉浸在感动、诗情与思想的踊跃之中。这一年开始了我的真正的爱情与真正的写作。这一年内心的丰满洋溢,空前绝后。我想过多少次,如果有一个魔法,可以实现我的请求,我当然不会要钱,要地位,要荣誉,要任何古怪离奇;我要的只是再次的十九岁。"②

　　1956年4月,二十二岁的王蒙写出了小说《组织部新来的青年人》,这篇小说发表在这一年9号的《人民文学》上。关于写作这篇小说的起因,王蒙说道:"一九五五年或者一九五六年,团中央发出号召,要全国青年与团员学习苏联女作家尼古拉耶娃的中篇小说《拖拉机站站长与总农艺师》,此书描写一个刚刚走向生活的女农业技术人员娜斯佳,由于不妥协地与一切阴暗现象做斗争,而改变了大局,使集体农庄的工作改变了旧貌。"③一方面是对团中央号召的响应,一方面是受苏联中篇小说《拖拉机站站长与总农艺师》的启发,加上自己在共青团区团委工作的感受,王蒙由此写出了小说《组织部新来的青年人》。小说发表后引起了一定的

① 王蒙:《王蒙自传　第一部　半生多事》,广州:花城出版社,2006年,第107页。
② 王蒙:《王蒙自传　第一部　半生多事》,广州:花城出版社,2006年,第106页。
③ 王蒙:《王蒙自传　第一部　半生多事》,广州:花城出版社,2006年,第135页。

反响,最初主要是一些熟人和朋友结合小说描写的人物及内容议论纷纷。"先是听到对号入座的工作部门同志对于小说的爆炸性反应:主要是'我们这儿并不是那样呀'之类。其实这些人多是我的熟人、好友。接着由韦君宜、黄秋耘主编的《文艺学习》杂志,展开了对于'组'的讨论。"①而年轻的王蒙对自己的作品能产生这样的反响感觉到的更多是兴奋,甚至是得意。"看到作品引起这么大动静,看到人们争说'组织部',看到行行整齐的铅字里王蒙二字出现的频率那么高,我主要是得意扬扬。我喜欢这个,喜欢成为人五人六,喜欢出名,喜欢成为注意的中心,我在心里这样说,相当不好意思地说。"②但王蒙的得意并没有持续多久,先是1957年1月号的《文艺学习》上发表了李长之的《关于〈组织部新来的青年人〉》,接着1957年2月9日的《文汇报》上发表了李希凡的《评〈组织部新来的青年人〉》,对王蒙的这篇小说进行了较为严厉的批评。小说受到批评后,王蒙曾写信给周扬,希望得到明确的指示,周扬约王蒙去自己中宣部的住处进行了一次面谈。当时的情景,据王蒙回忆道:"周扬开宗明义,告诉我小说毛主席看了,他不赞成把小说完全否定,不赞成李希凡的文章,尤其是李的文章谈到北京没有这样的官僚主义的论断。他说毛主席提倡的是两点论,是保护性的批评等等,令我五内俱热。"③毛泽东对《组织部新来的

① 王蒙:《王蒙自传　第一部　半生多事》,广州:花城出版社,2006年,第149页。
② 王蒙:《王蒙自传　第一部　半生多事》,广州:花城出版社,2006年,第149页。
③ 王蒙:《王蒙自传　第一部　半生多事》,广州:花城出版社,2006年,第151页。

青年人》的关注,应该是由李希凡等人所写的批判性文章而引起的。在1957年2月26日的一次中央宣传工作会议上的讲话中,毛泽东谈到对王蒙的这篇小说的看法:"王蒙写正面人物无力,写反面人物比较生动,原因是生活不丰富,对生活情况不熟悉,也有观点的原因。有些同志批评王蒙说他的《组织部新来的青年人》写得不真实,中央附近不该有官僚主义,我认为这个观点不对,我们反过来问:为什么中央附近就不会产生官僚主义呢?中央内部也产生坏人嘛!如果照有些同志的观点,以为中央附近不会出官僚主义,那就要对写小说的人割肉了。""王蒙这篇小说是一篇没有写好的作品,但要帮助。"①毛泽东的这番话,从整体上是给小说打气的,肯定了小说对党内官僚主义现象的揭露,而对于小说存在的问题,也只是提出应该给予"帮助",而不是一棍子打死。一个年轻的作者,他的作品居然得到最高领导人的关注,并且最高领导人从整体上肯定了作品的写作方向,这对于王蒙来说,无论如何都是没有想到的。"如此这般,化险为夷,遇难成祥,我的感觉是如坐春风,如沐春雨。我同时告诫自己,不可轻浮,注意表现,在自天而降的幸运面前更要谦虚谨慎,戒骄戒躁,如临深渊,如履薄冰。"②有毛泽东的讲话定下的基调,王蒙一时间风光无限。就在这一年的五四青年节,王蒙被评为"北京市青年社会主义建设积极分子",用王蒙自己的话说,"由于毛主席的干预,我从文坛顽童

① 叶永烈:《反右派大始末》,西宁:青海人民出版社,1995年,第152—153页。
② 王蒙:《王蒙自传　第一部　半生多事》,广州:花城出版社,2006年,第152页。

忽然几乎变成了宠儿"①。王蒙在1957年5月8日的《人民日报》上发表了自己的表态文章《关于〈组织部新来的青年人〉》。在文中王蒙写道："最近一个时期，我写的小说《组织部新来的青年人》引起了争论，受到了不少批评；这些批评大多数都提出了正确、有益的意见，教育了作者。我深深体会到批评与自我批评的重要性：作品需要批评，就像花木需要阳光雨露似的；我体会到党和同志们对于创作的亲切关怀，严格要求与热忱保护，我要向帮助自己免于走上歧路的前辈和朋友表示同志的谢意。"②但随着之后运动的深入，王蒙也因这部作品受到冲击，回想起当年运动中的自己，王蒙写道："如果我没有一套实为极左的观念、习惯与思维定式，如果不是我自己见竿就爬，疯狂检讨，东拉西扯，啥都认下来，根本绝对不可能把我打成右派。我的这种事实上的极左与愚蠢也辜负了那么多其实想保护我的领导同志。归根结底，当然是当时的形势与做法决定了许多人的命运，但最后一根压垮驴子的稻草，是王蒙自己添加上去的。在这个意义上，说是王蒙自己把自己打成右派，毫不过分。"③

小说《组织部新来的青年人》可谓命途多舛，但在获得平反后，小说在中国当代文学发展史上逐渐被赋予了非同凡响的意义，被视为冲破彼时写作禁区、敢于揭露社会主义生活中阴暗面

---

① 王蒙：《王蒙自传 第一部 半生多事》，广州：花城出版社，2006年，第161页。
② 王蒙：《王蒙文集》（第七卷），北京：华艺出版社，1993年，第586页。
③ 王蒙：《王蒙自传 第一部 半生多事》，广州：花城出版社，2006年，第173页。

的力作。批也罢,赞也罢,都是在时代大潮的涌动下对文学作品的一种越出文本之外的解读。倒是王蒙自己对小说《组织部新来的青年人》看得淡然一些。在他看来,这篇小说只是一部青春小说,"与《青春万岁》一脉相承。青春洋溢着欢唱和自信,也充斥着糊涂与苦恼"①。对于小说的主人公林震,王蒙也并不觉得有什么更多值得称道的地方。多年后谈及小说,王蒙甚至嘲笑林震的幼稚可笑,"作为同样的青年,作者对林震二十四个同情,作为干部,作为已经执政的共产党党员,如果是在工作中生活中,作者只能把林震看作小儿科、爱莫能助,却又为之长太息以掩涕。林震说什么党是心脏,心脏里不能有尘土,所以党的机关不能够有缺点。笑话! 这样的天真烂漫或者幼稚可笑,这样的十足废话毫无意义,作者写的时候未必不明白"②。而正是这个青年人,曾经被文学史家视为勇敢向权威制度下的阴暗面进行抗争的勇士,赋予作品以同样勇气可嘉的突破写作禁区的思想意义。同样,王蒙也不认同将自己的这篇小说视作暴露阴暗面的作品,甚至极力与这样的作品划清界限。"而另一面,叫作大洋彼岸的一些人,在将此作收入到意识形态挂帅的《苦果》(一九五八年出版于伦敦泰晤士出版社,副题是'铁幕后知识分子的起义')中的时候,在反共主义的激动中仍然没有忘记说一下:王蒙的小说有一种 different style——不同的风格……是不同啊。比较一下那一年与王常常

① 王蒙:《王蒙自传　第一部　半生多事》,广州:花城出版社,2006年,第142页。
② 王蒙:《王蒙自传　第一部　半生多事》,广州:花城出版社,2006年,第142页。

被同时提起的发表了影响甚大的'揭露阴暗面'特写的另一位写作人吧，与他的黑白分明，零和模式，极端对立，一念之差换转过来就万事大吉的对于生活的审理与判断相比较，或者哪怕是与苏联的奥维奇金、杜金采夫相比，小小的王蒙是多么的不同啊。"①这是时隔半个世纪之后，王蒙对自己的小说《组织部新来的青年人》的看法，其中透露出历经世事之后的"成熟"。

1957年8月，王蒙被派到京郊的门头沟区桑峪生产队劳动。劳动虽也辛苦，但当时新婚不到一年的王蒙与妻子崔瑞芳还有苦中作乐的兴趣与心情，"规定是两个月休息四天，第一次休假后芳乘火车送我到了雁翅。买不到硬座票了，我们俩干脆买了软席，偷偷摸摸，怕被人看见。却像一次小小的新婚郊游"②。1959年春，王蒙又被分配到潭柘寺附近的南辛房大队一担石沟进行劳动。"与桑峪比较，一担石沟的一大优点是吃得好，大体按干部标准吃饭，不必向贫下中农看齐。我坚信，只要吃饱睡足，劳动越辛苦越对身体精神有利。"③1960年，王蒙又转移到三乐庄。"从桑峪到一担石沟再到三乐庄，这也是一个浪漫主义到现实主义的过程，与世界万事万物一样。一次比一次离北京更近，一次比一次人数更少，一次比一次更有务实的目的，一次比一次更带有熬时间的应付性质。"④可以看出，王蒙在这一时期虽说是劳动改造，但

---

① 王蒙：《王蒙自传　第一部　半生多事》，广州：花城出版社，2006年，第143页。
② 王蒙：《王蒙自传　第一部　半生多事》，广州：花城出版社，2006年，第176页。
③ 王蒙：《王蒙自传　第一部　半生多事》，广州：花城出版社，2006年，第185页。
④ 王蒙：《王蒙自传　第一部　半生多事》，广州：花城出版社，2006年，第186页。

更像是一种农事劳作的锻炼,精神上较为放松,行动上也有着很多的自由,王蒙的两个儿子,王山和王石正是在这一时期出生的。王蒙在谈及自己这四年的劳改经历时说道:"从我个人来说,这四年的劳动经历仍然宝贵,可以说是缺什么补什么,这四年我经历的,正是我过去从没有见闻,更没有亲历的。从国家来说呢,稀里糊涂弄了那么多高工资的农工生手(再降级降薪也比雇农业工人昂贵啊),也没有什么人研究这种劳动对知识分子到底起了什么样的作用,政治社会经济财政效益到底如何? 一笔糊涂账。似乎太大方,太粗糙了。"①

　　1962年春,当时还在三乐庄劳动的王蒙就收到了人民文学出版社的约稿信。而到了1962年暑期后,王蒙被分配到北京师范学院(今首都师范大学)中文系任教。王蒙之所以到北京师范学院任教,与时任学院院长的杨伯箴有关。杨伯箴在新中国成立前是北平地下党城工部学委,负责中学工作,后来担任过团市委书记、市委教育部部长,与王蒙很早就认识,也十分了解王蒙。正是在他的过问下,王蒙于1962年9月调到北京师范学院中文系当起了教员。工作单位的变化,使王蒙又有了创作的冲动,在邵荃麟的关照和鼓励下,王蒙在这一时期完成并发表了短篇小说《眼睛》和《夜雨》。1963年,北京师范学院给王蒙解决了住房问题,一家四口,其乐融融,十分欢悦。"此处只供居住,我们吃饭多半到学校教

---

① 王蒙:《王蒙自传　第一部　半生多事》,广州:花城出版社,2006年,第191—192页。

工食堂，做得很好，两面焦的火烧鲜脆金黄。但是一吃食堂就更觉粮票太'费'。有时我们到甘家口商场去吃，能吃到狮子头、木须肉什么的，也吃过裹着鸡蛋的炸油饼，深感营养在我，丰富满足。""也有几次，我们悄悄用电炉，炖肉，焖饭，不怎么合法。但体会到了过小日子的快乐。"①摘了帽子的王蒙，已有了很多体味生活情趣的心情。而唯一让王蒙感到压抑的是，暧昧不明的政治气候、摘帽右派的政治身份，使他无法自如地进行自己钟爱的创作。"我是一个刚刚露头就被砸下去的作者，《青春万岁》的出版已经遥遥无期，到一九六三年为止，我只发表过五个短篇小说和一点点散文之类，又面临着彻底封死的局面。越是要封或变相封杀，我越是急于发表东西，我变得急火攻心，饥不择文。事后想起，这也是一种急躁，一种轻浮，一种失态。这种心态，既无法改变不利的外在环境，也写不成什么真正有价值的作品，我反而对于在高校做教学更不安心了。"②正是在这样的一种处境和心情下，王蒙萌生了离开北京去下面锻炼的念头。

1963年，中国文联在北京西山八大处办了一个读书会。在这个会上，王蒙与新疆自治区作家协会副秘书长、《新疆文学》杂志副主编王谷林相谈愉快。在王谷林的提议下，王蒙产生了去新疆的愿望。王谷林当即与新疆文联及自治区党委的相关领导联系，对方表示同意接收，一拍即合，王蒙举家远赴新疆。"我不能就这

---

① 王蒙：《王蒙自传　第一部　半生多事》，广州：花城出版社，2006年，第206页。
② 王蒙：《王蒙自传　第一部　半生多事》，广州：花城出版社，2006年，第218页。

样在小小的校园里待下去……我与一些省区来的领导同志探讨去他们那里工作的可能性。江西、甘肃和新疆都表示欢迎我去。我觉得新疆最有味道,去新疆最浪漫最有魅力。同时,新疆文联的负责人刘萧芜同志恰恰从苏联回来路过北京,我与他见了面,加上参加读书会的新疆作协秘书长、《新疆文学》杂志主编王谷林同志,当时就可以就我的调动拍板。于是我决定了去新疆。"①可以说,王蒙于二十世纪六十年代初远赴新疆,并不是被下放的结果,而是王蒙主动申请争取来的。去新疆对王蒙来说不是流放,甚至带有些许追求浪漫生活的成分。"我找了一些有关新疆的书籍,越读越是发烧。我跑到阜成门外的新疆餐厅先尝新疆的味道。尤其是当时正上映影片《冰山上的来客》,异域风情,神秘的大自然,歌舞翩跹,如诗如梦,能不神往?恨不得插翅飞向天山脚下。我学会了不少影片插曲,一时'花儿为什么这样红''穿过千层岭咳,越过万道河,谁见过水晶般的冰山……''戈壁滩上一股清泉,高山顶上一朵雪莲'的高唱响彻家中。"②新疆于王蒙而言,是异域风情,是新生活的开始,是全新的体验,是获得精神解放的理想去处。王蒙去新疆的决定也得到了妻子崔瑞芳的大力支持。"对于去新疆,我与芳也是极其兴奋。出发前我在王府井一个牙科诊所修补了牙齿,买了一件中式丝绵棉袄。芳则一件大衣和一条呢料裤子,与她的母亲、姐姐合影留念。一九六三年十二月下

---

① 王蒙:《王蒙自传　第一部　半生多事》,广州:花城出版社,2006年,第218—220页。
② 王蒙:《王蒙自传　第一部　半生多事》,广州:花城出版社,2006年,第221页。

旬,新年前夕,我们破釜沉舟,卖掉了无法携带的家具,带着一个三岁一个五岁的孩子,出发赴乌鲁木齐。"①王蒙赴新疆与被划为右派的政治遭遇有一定的因果关系,但这种因果关系表现为,右派的身份以及置身其中的政治环境,使王蒙对自己的人生之路有了全新的构想与憧憬,而迁往新疆是他对这种构想的追求与实现。

来到新疆的王蒙并没有因为右派的身份而受到排挤、冷落;相反,新疆相关部门的负责人十分欢迎也十分重视王蒙的到来,将王蒙看作是一名从北京来的大作家在体验生活。初到新疆的王蒙被分配到《新疆文学》杂志社做编辑,后在新疆自治区党委副秘书长牛其义的关照下去吐鲁番采风。自治区党委副书记兼政府副主席武光带着王蒙去了南疆,走了托克逊、库尔勒、库车、阿克苏、喀什、和田、于田等地。"我到达了三个月内只有两个乘客的夏甫吐拉(意为桃子)小站。由于这里难得有旅客,我的到达获得了车站工作人员的热烈欢迎,不但给我绿叶牌香烟吸(此时我已略能吸烟了),而且给我煮了卧鸡蛋的挂面。而且,他是北京老乡。在新疆一切漫游都是那样的神奇,如同进入了童话故事。"②可以说,初到新疆的王蒙受到了从自治区党委到自治区文联各级领导的切实关照,他们待王蒙如座上宾,这种优越的待遇,在北京那样的环境里是无法想象的。后在自治区党委文教书记林渤民

---

① 王蒙:《王蒙自传　第一部　半生多事》,广州:花城出版社,2006年,第222页。
② 王蒙:《王蒙自传　第一部　半生多事》,广州:花城出版社,2006年,第226页。

的建议下，1964年6月王蒙来到叶尔羌河流域和田麦盖提县红旗人民公社。在这里，王蒙写了两篇报告文学《红旗如火》和《买合甫汗》。1963—1965年的北京以及这一时期的中国文坛并不平静，文艺界的批判运动步步升级，大有愈演愈烈的趋势，对邵荃麟的"中间人物论"、夏衍的"离经叛道论"、田汉的《谢瑶环》、方之的《出山》以及陈翔鹤、黄秋耘的历史小说，还有影片《北国江南》《早春二月》《舞台姐妹》等陆续展开批判。而这一切，却与远在新疆的王蒙隔着千山万水，他真正地将自己置身于时代政治的旋涡之外，远离风暴中心，新疆成了他的避风港。

1965年4月，在文联领导刘萧芜的安排下，王蒙被派到伊犁地区伊宁县红旗人民公社巴彦岱劳动锻炼，这同样不是基于惩罚的安排，而是希望王蒙深入生活，能写出好的作品来。"几个月的赋闲才是最难过的，一听新的安排，我非常高兴，何况是伊犁，大家赞不绝口的伊犁。我到今天认为，在当时情况下，这已是最佳安排，这已经反映了刘萧芜、林渤民等同志的最好用心，我欣然同意。"①在巴彦岱，王蒙做些并不算繁重的劳动，与热情纯朴的维吾尔族乡民们结下了深厚的友谊，还学会了维吾尔语，而这些乡民也十分敬重北京来的大作家王蒙，没有人在意他头上曾有一顶右派的帽子。从1965年5月开始，王蒙还担任所在大队的副大队长，每天清晨负责教队里社员们学维吾尔新文字，并结合学习毛

---

① 王蒙：《王蒙自传 第一部 半生多事》，广州：花城出版社，2006年，第239页。

主席著作。"每天忙活，更主要是参加一生产队与六生产队的劳动，也东串串西走走，参加婚宴也参加割礼，参加公社社员的互助劳动，例如别人盖房时，我们帮助去上房梁与椽子、顶棚席子。我也常参加丧葬乃孜尔（祝祷聚会），参加歌舞饮酒聚会，听到各种艾买提赛买提（犹言张家李家）的家长里短，乃至私密、轶闻、传说、笑话。我很快就成了这块土地上的一员了。"①崔瑞芳在谈及这一时期的生活时说道："会说和不会说汉语的农民，都会用汉语称呼王蒙'大队长''老王哥'或是'王民'（他们发不出'蒙'的音，把'蒙'读成了'民'），也有人就亲切地叫他'老王'。他所在的生产队评选五好社员，许多人竟提名王蒙，后来有人说'他是不拿工分的，还不算社员'，才没有正式评上。这里的老老少少，都喜欢和王蒙说话拉家常，他们向他讲述自己的困难和牢骚，也说着维吾尔式的巧语和笑话。"②

二十世纪六十年代后期，王蒙已与妻子崔瑞芳团聚在了伊犁，那时崔瑞芳已由乌鲁木齐调到了伊犁市二中，并分到了新居。"我时而回到二中，享受劳动锻炼与居家赋闲的有机结合，享受动荡中的小日子。此时全国的知识界尤其是文艺界已经斗了个天翻地覆，一个个都是大祸临头，心惊肉跳，狼奔豕突，朝不保夕，而我跑到了远离政治中心，遥遥啊遥远（苏联歌曲名）的地方，暂时过着太平小日子，我简直得其所哉，除了王某，谁有这个运这个机

---

① 王蒙：《王蒙自传　第一部　半生多事》，广州：花城出版社，2006年，第251页。
② 方蕤：《凡生琐记：我与先生王蒙》，武汉：长江文艺出版社，2008年，第73页。

遇这个尴尬中的浪漫!"①当时运动虽然轰轰烈烈,但都与王蒙无关,因地处偏远,又是置身于最基层的生产队,王蒙彻底被运动遗忘了。王蒙曾工作过的北京市团委以及北京师范学院中文系忘记了王蒙,乌鲁木齐的新疆文联也忘记了王蒙。当然,也许不是忘记,而是自身已是焦头烂额。当年运动中的王蒙可称是一个逍遥派、旁观者,既不是革命的主力,也不是革命的主攻对象,看热闹成了日常的功课。王蒙自嘲说:"我从没有戴过高帽子,打麻将时自制帽子除外。我穷极无聊地自嘲说,我本来命中有高帽之灾,由于应验在麻将游戏中手气'背'的时刻上了,灾难被引上了小路,才侥幸逃过了此劫。"②王蒙的夫人崔瑞芳谈及"文革"时一家人的处境时说:"我们没有被抄过家,没有被动过一根毫毛。北京有些老同志知道后都说:'这简直是奇迹!'"③王蒙因受运动冲击,从1958年起就靠边站了,头顶有帽子,自然没有了积极表现的机会,也就少了因言获罪的风险。在创作上王蒙受到了很多的限制,很难发表作品,这却使他少了授人以柄的可能。远走新疆,更使他远离北京,也远离了风暴的中心,逍遥自在。

1971—1973年,王蒙在干校劳动锻炼,不过,这段干校的生活却是王蒙自己主动"争取"来的。运动如火如荼,却始终不关王蒙的事,不甘被冷落、遗弃的王蒙主动回到新疆自治区文联,这才有

---

① 王蒙:《王蒙自传　第一部　半生多事》,广州:花城出版社,2006年,第263页。
② 王蒙:《王蒙自传　第一部　半生多事》,广州:花城出版社,2006年,第310页。
③ 方蕤:《凡生琐记:我与先生王蒙》,武汉:长江文艺出版社,2008年,第76页。

了赴干校劳动的经历。在干校时期,王蒙的身份成了"五七战士",这也意味着王蒙又成为"人民"中的一分子。也正因此,王蒙被扣了三年的工资也补发了,甚至还成为炊事班负责人之一。1973年干校生活结束后,包括王蒙在内的自治区文联的创作人员从干校被调回,成立了创作研究室,属区文化局领导。至此,王蒙结束了在伊犁的生活,举家落户乌鲁木齐,妻子崔瑞芳也很快由伊犁市二中调到乌鲁木齐十四中任教。1973—1974年,王蒙的主要事情是做家务、游泳,还有就是参加单位组织的学习。创作研究室本身却没有什么创作的任务,由于政治气候的关系,上级领导也不知该给他们分配什么样的写作任务。这一时期,王蒙的日子过得可谓自在。1975年,王蒙还买了一台十四英寸的黑白电视机,"许多个晚上,我坐在廉价购得的一个竹片躺椅上,占据着最佳位置,周围是家属与邻居的孩子"①。

　　1976年政治形势的巨大变化,使王蒙看到了命运发生变化的可能,但多年运动的冲击,使他处世变得十分谨慎。在1976—1978年的日子里,王蒙小心而忐忑地等待着命运转变时刻的到来。在后来所写的自传中,王蒙记录下了当时自己的心情:"真正的日子渐渐来到了,我从一开始已经意识到这一点了,然而我必须夹紧尾巴,我必须格外小心,我相信还有反复,还有曲折,还有坎坷……再不会以为从此天下太平,顺风顺水啦。我好像见到了

────────────

① 王蒙:《王蒙自传　第一部　半生多事》,广州:花城出版社,2006年,第354页。

自己朝思暮想的一件娇嫩的宝器,我生怕由于自己的不慎而将宝器打碎,与宝器失之交臂。我已经痛感一切美好都是那样脆弱,而一切横蛮与困厄都是那样顽强纠缠乃至貌似威严。我不当出头椽子,我必须若无其事。但是我还是流露了我的压不住的快乐,以至于一些和我要好的亲朋好友,都善意地告诫我:天道无常,上心难测,慎重,慎重,第三还是慎重。"①

1978年,还未获平反的王蒙收到了《人民文学》杂志向前编辑的约稿信,王蒙甚是激动,把这视为命运的通塞祸福的标志,他十分郑重地对待这次约稿,关于写什么,因文受难的王蒙当然不会像当年写作《组织部新来的青年人》时那样锐气锋芒,而是真正历练得老到成熟了。王蒙这样描述自己当时的想法:"与五十年代的写作相比,这时的思路完全是另一样的了,它不是从生活出发,从感受出发,不是艺术的酝酿与发酵在驱动,而是从政治需要出发,以政治的正确性为圭臬,以表现自己的政治正确性为第一守则乃至驱动力,把调动自己的生活积累,调动自己的生命体验与形象记忆视为第二原则,视为从属的却是不可或缺的手段。这样艺术服务政治,应能充分运用自己前后十多年在新疆的体验,特别是在农村生活,与维吾尔农民同吃同住同劳动的体验,写出又'红'又专的新作来。"②经过反复的斟酌,最终王蒙向《人民文学》杂志呈上的新作便是小说《队长、野猫和半截筷子的故事》,作品

---

① 王蒙:《王蒙自传　第二部　大块文章》,广州:花城出版社,2007年,第2页。
② 王蒙:《王蒙自传　第二部　大块文章》,广州:花城出版社,2007年,第5页。

写了新疆一个人民公社的基层干部的故事，这样的主题在当时当然是紧扣时代的中心政治的。王蒙此时的心态颇具代表性，他的描述真切地反映了当时知识分子的微妙心态，其中有热切的期待，也有不安的疑虑，一切又都得压在心底，等着真正的曙光的到来。而且，经过多年的政治运动，以及在运动中所遭受的冲击，作家们都在政治上变得敏感而成熟起来，这种成熟表现为待人处世的慎重，在政治上的谨言慎行，在写作上对中心政治的自觉迎合。从这个层面上可以说，当年因文获罪的右派作家，经过多年的政治运动，终于完成了"改造"。

王蒙于新时期创作的真正具有反思意味的小说是1978年发表的《最宝贵的》，而这篇小说正是在刘心武的小说《班主任》的触动和其鼓舞下完成的。这可以说是王蒙于新时期完成的第一篇敢于直面"文革"荒谬性的作品，当然，即使是这样一篇迎合当时社会思潮的作品，王蒙在情节安排上还是做了审慎的处理，以便获得政治上的"安全"。1978年6月王蒙应中国青年出版社的邀请赴北戴河团中央疗养所去写作，虽未获平反，但一切都已开始发生转变，等三个月疗养结束后回到北京，已是"八面来风，五方逢源"①。是年秋，小说《组织部新来的青年人》获得平反，第二年春天，王蒙也在政治上获得彻底的平反，同年由新疆回到北京，成为北京市文联的专业作家，陆续发表了《悠悠寸草心》《海的梦》

---

① 王蒙：《王蒙自传　第二部　大块文章》，广州：花城出版社，2007年，第23页。

《风筝飘带》《说客盈门》《布礼》《蝴蝶》《夜的眼》《春之声》等作品，其中既有伤痕反思类的小说，又有开始将目光投向变化中的新生活的作品。小说《春之声》也是颇能体现王蒙彼时政治心态的一篇小说。这篇作品用意识流的手法，描绘了"文革"结束后，刚刚在政治上获得平反的科学家岳之峰坐着一辆闷罐火车回乡探亲的画面。小说发表后，其新异的手法曾一时引发热议，但真正值得推敲的是蕴含在小说中的对彼时社会形势及政治形势的象征性表达。小说中的那列车身有些破损但火车头却是崭新的闷罐火车，包含着王蒙在新时期这样一个转折点上对国家政治生活的期待，同时表达出王蒙对新时期中央领导所指明的方向的肯定与赞美，而这样的政治主题无疑是十分契合中心政治需要的。可以说，归来的王蒙在政治上真正成熟了，作为一个作家，他懂得了文艺创作从来都离不开政治，或者说任何的创作活动都是政治的组成部分。正因为认识到这一点，他已经可以十分有把握地让自己的作品处于政治正确的轨道上。1983年，王蒙出任《人民文学》主编。

在新潮涌动的新时期文学发展进程中，王蒙一方面是亲历者、参与者，另一方面又像是一位旁观者，多年政治运动的历练，使他在处世上变得十分稳重，力求不偏不倚，不论是谈文学还是人事见解，王蒙都不再意气风发，而是理性为先，让自己尽可能做到周全。"我至少向一个命运与年纪接近的同行表示过，我愿意参与文学讨论，我会同意我所同意的意见，争论、批驳我所不同意的意见，然而我针对的是文学题目，不是某某人，或某几个人。老作家、老领导，都是我的师长，我都尊敬，同行们、青年们，我都喜爱，但也不想重点拉拢谁谁。我不准备站队。我也并不喜欢站队。"①也许正因为这种"稳妥"的立场、"圆润"的处世风格，王蒙后来在仕途上才一帆风顺，直至走上文化部部长的岗位。而这种脾气、性格，正是多年政治运动历练的结果。"从一九四九年，我在共青团系统，一帮子地下学生党员，整天组织生活，批评与自我批评，又是革命凯歌行进的年代，一个个要求自己严格得不行，一个个要求别人更是滴水不漏。后来，进入了不仅自身，而且别人夹紧尾巴的年代，一个运动又一个运动，动辄从文坛开刀，对于知识分子的政治压力，谁敢掉以轻心？三十年风水轮流转，终于，雨过天晴，俯首帖耳的小作家们又一个个人五人六起来，这与团干部们、党委部门，更不要说劳动大队了，实是大异其趣。"②岁月的磨炼，终使王蒙收获了一份生活的智慧、政治的智慧，青年时的激情与梦想还在，但一切最终都归于一种平常心，淡然处之。王蒙有才，但不再自恃才高，他懂得所有的荣誉与成绩的取得都不是必然的，而只是一种对你的需要，在一定的情况下又都可以烟消云散，所以不再有洋洋自得的王蒙，不再有聪明伶俐的王蒙，"故国八千里，风云三十年"之后的王蒙，真正地走向了成熟。

1982年在中共十二次代表大会上，王蒙当选为中共中央候补

---

① 王蒙：《王蒙自传　第二部　大块文章》，广州：花城出版社，2007年，第61页。
② 王蒙：《王蒙自传　第二部　大块文章》，广州：花城出版社，2007年，第64页。

委员,1983年出任《人民文学》主编。1985年,王蒙任中国作家协会常务副主席兼作协党组副书记。同年,在党的代表会议上当选为中共中央委员。1986年7月,王蒙任国务院文化部部长,直到1989年9月辞去所任职务。1993—2000年,王蒙创作完成并发表了以"季节"为题的四部系列长篇,即《恋爱的季节》《失态的季节》《蹉跎的季节》《狂欢的季节》,而这组以个人视角记述共和国成长史的系列长篇,也成为王蒙对新中国成立后一代知识分子心路历程最为真切的记录。

二、丁玲新中国成立后的文学经历与文学贡献

在当代作家中,丁玲更有着特殊的意义。新中国成立后,丁玲一度风光无限。五十年代初期的丁玲可谓文学界举足轻重的人物,在彼时的作家序列中,丁玲的成就、地位、影响力及知名度可以说是首屈一指。在新中国成立前夕的1949年4月,丁玲便作为中国和平代表团成员赴布拉格出席了保卫世界和平大会并访问了苏联。1949年9月,丁玲当选为全国政协委员,任全国文联机关刊物《文艺报》主编。同年10月,丁玲率团赴莫斯科参加庆祝十月革命三十二周年庆祝会。1950年春,丁玲任全国作协党组书记、常务副主席,主持作协日常工作。1951年1月,任中央文学研究所所长,又任中宣部文艺处处长。1952年4月,丁玲接替艾青任《人民文学》副主编。1952年,丁玲的长篇小说《太阳照在桑干河上》获斯大林文学奖二等奖。1952年10月,为专心创作《太阳

照在桑干河上》的姊妹篇《在严寒的日子里》，丁玲辞去了文艺处处长以及全国文协党组书记的职务。1953年8月起，丁玲不再任《人民文学》副主编，新的主编是邵荃麟，副主编是严文井。后《文艺报》主编一职由冯雪峰接任。至此，丁玲只任中国作家协会副主席、党组成员。1954年12月，以周扬为团长，丁玲、老舍为团员的中国作家代表团，赴莫斯科参加第二次全苏作家代表大会。到这里，丁玲的生活可谓顺风顺水，放下行政职务的丁玲准备专注于自己的文学创作，但不承想，风云突变，一场直接指向她的运动已奔腾而来，使丁玲自五十年代后期中断了文学创作，再次提笔已是二十年之后的事了。

1958年2月先是丁玲的丈夫陈明到黑龙江密山参加劳动。那时，时任农垦部部长的王震在黑龙江搞农垦事业。陈明曾说起，早在五十年代中期，他和丁玲就对关于北大荒农垦劳动的报道有过关注，而且很向往那里的生活。"50年代中期，北京青年杨华带领一支青年垦荒队，到了北大荒，参加农业劳动，团中央书记胡耀邦亲自给他们授旗。这件事当时登了报，也引起了我们去北大荒的兴趣。我们还在《人民画报》上看到过介绍黑龙江新兴的林业城市伊春的一组照片，我和丁玲都十分向往，希望能有机会去那里看看。"①陈明到北大荒见到王震后，便向王震提出丁玲也想来北大荒，王震当即表示欢迎。这样，1958年6月，丁玲也来到

---

① 陈明口述，查振科、李向东整理：《我与丁玲五十年——陈明回忆录》，北京：中国大百科全书出版社，2010年，第155页。

黑龙江密山。王震将丁玲和陈明一同安排到汤原农场,夫妇俩在这里生活了六年,到1964年底转到了宝泉岭农场。

在北大荒时期,丁玲和陈明夫妇以农事劳动为主,但有王震的关照,总体上生活较为平稳。比如安排丁玲、陈明夫妇到汤原农场,就是因为考虑到汤原靠近佳木斯,挨着铁道线,生活和交通都更方便一些。去时,王震还专门给当地农垦局具体的负责人写了便条,要求给予关照,陈明在回忆中说:"合江农垦局的局长是张林池,那时他是中央农垦部的副部长之一,兼合江农垦局的局长。王震写给他的便条说,分配丁玲、陈明去汤原农场。让他给我们找一个宿舍,对我们政治上要严格,生活上要照顾。"①因着王震的关照,汤原农场在工作的安排上也尽可能给予照顾,陈明种菜,丁玲则被安排到养鸡队的孵化室。"等到第二天才知道,原来要把我分到外面一个生产队,不在场部这个生产队。后来带我们来的那个人跟分配的人说了一下,把他叫到外面说的。我当然知道他说了什么,因为王震的话还是起作用的。这样就把我分到生产二队,而且是种菜,不到大田。对丁玲的安排他很为难,最后说,那么就到畜牧队吧,喂鸡、喂猪。畜牧队的队长看了介绍信,对丁玲说,没有说非要你劳动啊,你到孵化室吧。养鸡队有喂鸡的,还有搞孵化的。"②

---

① 陈明口述,查振科、李向东整理:《我与丁玲五十年——陈明回忆录》,北京:中国大百科全书出版社,2010年,第168页。
② 陈明口述,查振科、李向东整理:《我与丁玲五十年——陈明回忆录》,北京:中国大百科全书出版社,2010年,第171页。

陈明回忆北大荒时自己和丁玲的经历，一再提及王震给予他们的关照。到北大荒的第二年，1959年春的一天，王震到了佳木斯，特地把丁玲和陈明从汤原农场叫了去，并安排他们住在宾馆里，其实叫去了也没有什么特别的事，只是借此让他们休息休息，"好几次王震吃饭的时候，都叫秘书把我们找去和他一块吃。局里招待他看电影，他就把我们也叫去"，"组织跳舞晚会，他的秘书也上来找我们"①。1960年冬天，正是饥荒时期，王震专门打电报到黑龙江农垦局，指明要丁玲、陈明回北京，"王震同志来电报，说是在延安的时候，有一份红军长征的地图，斯诺借过这张地图。斯诺走的时候交给了丁玲，现在耿飚要找这个地图，所以打电报来要"。其实丁玲夫妇知道根本没有这回事，只是王震想让他们回京休息下，也借机补补身体。丁玲夫妇一回到北京，就被王震安排住在前门的远东饭店，而且住的还是带有洗澡间的房间。在汤原农场工作一年后，又是在王震的安排下，丁玲夫妇被调整为文化教员，负责搞扫盲工作，陈明做生产二队文化教员，负责组织群众文化活动。当时为了方便工作，陈明还买了一辆飞鸽牌自行车。

1963年国庆节前夕，丁玲因身体原因请假去北京看病，住在中国作协招待所，见到了严文井、周扬，周扬了解了丁玲在北大荒的情况后同意丁玲调回北京。在等待调令的过程中，丁玲参观了

---

① 陈明口述，查振科、李向东整理：《我与丁玲五十年——陈明回忆录》，北京：中国大百科全书出版社，2010年，第179页。

农垦局的五大农场。在这次活动中,应八五三农场领导的邀请,丁玲与陈明写信给中国作家协会,请求缓调,后又写信给王震,表示愿意留在北大荒。这样,在1964年底,经王震的安排,丁玲与陈明调到了高大钧任场长的宝泉岭农场,主要负责组织职工家属的学习。"年底,她从汤原农场调到宝泉岭农场,住在招待所的底楼最后一间,那是一个套房,有两间屋子。东北天冷,房子四周砌的是火墙,供取暖用。丁玲不会烧火墙,高大钧特意嘱咐招待所主任,让两个老职工为招待所烧火时附带着帮丁玲烧火墙。宝泉岭农场种小麦、大豆,不种水稻,而隔壁的劳改局农场种水稻。高大钧得知丁玲爱吃米饭,就叫人去换米时,帮丁玲顺便也换一些。"①可以说一直到六十年代中期,丁玲与陈明在黑龙江农场的生活还是可以的,生活上受到了诸多照顾,这也使丁玲与北大荒结下了深厚的情谊,丁玲离开后还念念不忘,获平反后还专程回到北大荒探望。从1979年复出后重新开始创作,丁玲先后出版了《到前线去》(小说、散文、特写集)、《丁玲近作》(散文、论文、特写集)、《丁玲散文集》、《杜晚香》、《魍魉世界》、《风雪人间》、《访美散记》等,共计九十万字。而丁玲在复出后除了文学创作,把更多的精力放到了创办大型文学刊物《中国》上。《中国》是第一份民办公助刊物,1984年创刊,刊物得以开办,得力于丁玲的影响力。

　　谈起丁玲,还可以提及丁玲与姚雪垠这两位当代文坛大家的

---

① 丁言昭:《丁玲传》,上海:复旦大学出版社,2012年,第251页。

交往，其中同样沉淀着丰富的文学史信息。丁玲与姚雪垠都是跨越现当代的文学名家，他们都在百年新文学的发展史上留下了厚重而非凡的作品。丁玲与姚雪垠在一生中的大部分时间里甚少交集，但从二十世纪七十年代末开始，两人却有着不一般的交情，堪称挚友。

早年姚雪垠与丁玲的人生轨迹少有交集。姚雪垠生于1910年，小丁玲六岁。二十世纪三十年代，姚雪垠开始在林语堂主编的《论语》以及曹聚仁主编的《芒种》等刊物上崭露头角的时候，丁玲已是左联举足轻重的人物，负责主编左联的机关刊物《北斗》。抗战全面爆发后，姚雪垠主要活动在老家河南及重庆，丁玲则活跃在陕甘宁边区，不论是活动轨迹还是人际圈子，两人都较少重合。如果说有共同的朋友的话，那便是冯雪峰。姚雪垠"与冯雪峰相识于1943年的重庆，两个人曾在一个房间里住了一个多月，彼此以朋友相认同"[①]。无论如何，这样的关系，肯定会使姚雪垠与丁玲在后来结识的过程中有很多共同的话题。在1957年的反右运动中，姚雪垠与丁玲同被划为右派，但境遇不同。丁玲先是被下放北大荒农场，后被关秦城监狱；而姚雪垠在被下放武汉郊区的东西湖农场两年多后，于1960年国庆节前夕被摘掉了右派的帽子，安排到武汉文联继续创作，并于1963年夏由中国青年出版社出版了《李自成》第一卷。所以，大体上来看，姚雪垠与丁玲在

---

① 许建辉：《姚雪垠传》，武汉：湖北人民出版社，2007年，第199页。

很长一个时期关联性甚少,他们各自在自己的人生轨道上经历着,创作着,也见证着。那么,从何时何地开始两人有了较多的来往? 细察来看,是始于七十年代后期的北京。

自成为摘帽右派后,姚雪垠一直在武汉文联工作,时局不安,《李自成》的写作一直推进缓慢。1975年12月,因毛泽东有关《李自成》的批示已正式传达下来,"中国青年出版社接受韦君宜的建议,给湖北省委第一书记赵辛初和武汉市委宣传部部长辛甫各去一封公函,说明中青提前复业出《李自成》事已经中央批准,顺便提及邀请作者赴京写作之意,湖北省委和武汉市委欣然批准"①。12月19日,姚雪垠乘火车从武汉来到北京,至此开始了自己又一个新的人生阶段。尽管正值多事之秋,但姚雪垠依然全力保证《李自成》写作的进行,于1977年2月正式出版了《李自成》第二卷。1979年2月,姚雪垠被错划为右派分子的历史问题得到了彻底的改正。是年10月,姚雪垠从幸福一村搬到了复兴门外大街22号院,而丁玲刚好也住在这里,自此两人有了较为频繁的往来。

1975年丁玲与丈夫陈明一起被安置在山西长治的嶂头村。1978年7月,根据中共中央十一号文件规定和中共山西省委的指示,由长治市老顶山公社党委正式通知丁玲,摘掉了1958年戴上的右派分子的帽子。1979年1月12日,丁玲夫妇乘火车由山西回到北京,最初住在友谊宾馆的一套公寓式客房里。1979年10月

---

① 许建辉:《姚雪垠传》,武汉:湖北人民出版社,2007年,第257页。

22日，丁玲搬到了复兴门外大街22号院。可以得知，姚雪垠与丁玲是在同一个月搬到复兴门大街，毗邻而居的，两人交往自此多了起来。丁玲性格直率豪爽，与姚雪垠颇合得来。碰面不多时，丁玲就有感于姚雪垠无师无承无门无派，几十年来独往独来，而称他为"独立大队"。"姚雪垠则闻之大喜，认为'独立大队'四个字是丁玲送给他的最好礼物——既肯定了他特立独行的风格又肯定了他各自为战的能力——'知我者，丁玲也'。"①从此，姚雪垠"与丁玲的联系更为密切"②。正是在这一时期的交往中，姚雪垠对丁玲曾经遭受批判的所谓"一本书主义"表达了自己的看法："他曾同丁玲谈到'一本书主义'，他说：'别人将你的原话掐头去尾，随意篡改，加给你一条'一本书主义'的罪名款，这且不去谈。当年在批判你的时候，我常常心中不通：号召作家写一本好书有什么错误？倘若有一百个作家每人都能写一本好书，能经得起时间考验，常在读者间流行，我们的文学事业就大有可观了。'"③丁玲当年遭受批判时，这个所谓"一本书主义"堪称压在丁玲身上的一座大山。五十年代中国作协党组组织对丁玲的批判，其中一条便是由丁玲所说的"一本书主义"而牵出的，由此这被视为"制造个人崇拜，散布资产阶级个人主义思想"的表现，当年丁玲曾被批评："他们经常在干部中宣传资产阶级个人主义思想。如丁玲同

---

① 许建辉：《丁玲与姚雪垠的晚年交往》，《文艺报》2011年3月11日，第6版。
② 许建辉：《姚雪垠传》，武汉：湖北人民出版社，2007年，第289页。
③ 许建辉：《姚雪垠传》，武汉：湖北人民出版社，2007年，第289页。

一些青年写作干部说：'一个人只要写出一本书来，就谁也打他不倒。有一本书，就有了地位，有了一切，有了不朽。'把文学创作完全看成达到个人目的的工具。她还向学员提倡骄傲：'年轻人要骄傲，骄傲才有个性，才有出息！'诸如此类。这种宣传，已使许多青年写作同志受到严重的毒害。"[①]丁玲因此受累颇深，自然，这也是她的一个心结。所以姚雪垠表达出这样的看法，自然会给丁玲带来极大的精神上的安慰。从更深一层来说，姚雪垠与丁玲一生著作等身，而且都有一部传世的鸿篇巨著——丁玲的《太阳照在桑干河上》曾获斯大林文学奖，这也是新中国成立后中国作家所获的第一个国际奖项，而姚雪垠的《李自成》获得了第一届茅盾文学奖，且他们各自在大作的写作与出版过程中都曾经历过很多的波折，所以，姚雪垠对当年人们批丁玲的所谓"一本书主义"的不认同，对丁玲所说的"作家要写出一本好书"的赞同，既是在为丁玲辩护，同时也可以说是表明了自己的立场。在这一点上，姚雪垠与丁玲这两位大家有着属于他们共同的文学信念与创作感悟。

《中国》是丁玲晚年创办的一份文学刊物，也是丁玲平反复出文坛倾力所做的一项十分重要的工作。而《中国》这份刊物从审批到运行，再到终刊，一直伴随着种种的分歧、争议和冲突，可谓十分不易。姚雪垠与《中国》这份刊物也有着很密切的关系。1984 年 4 月 27 日，丁玲以中国作协创作委员会主任的名义在北京

---

① 李向东、王增如：《丁陈反党集团冤案始末》，武汉：湖北人民出版社，2006 年，第72 页。

沙滩北街2号原文化部的大院内召开了一个小说创作座谈会，主要是座谈获得1983年全国优秀短篇小说奖的二十篇作品，姚雪垠出席了这次会议，"那次会议实际上成了一次老作家的聚会，有草明、舒群、魏巍、雷加、骆宾基、姚雪垠、李纳、曾克、西虹、逯斐、林斤澜等"①。正是在这次座谈会上，魏巍等人首次提出了创办《中国》这样一份文学刊物的想法。《中国》获批后，姚雪垠又受邀担任了这份刊物的编委。1984年11月21日，《中国》在创刊号正式发行前，召开了在京编委会，其中创刊号上一篇遇罗锦的文章《刘晓庆的生日礼物——〈无情的情人〉拍摄散记之一》引发了较大的争议，很多人反对刊发这篇文章。因为其中不论是文章的作者遇罗锦，还是文章所述的对象刘晓庆，以及影片《无情的情人》都在当时极具争议性。遇罗锦是遇罗克的妹妹，因1980年在《当代》杂志发表报告文学《一个冬天的童话》开始引起文坛的关注。遇罗锦经历坎坷，八十年代曾因离婚案而一度身陷舆论的旋涡。丁玲对遇罗锦一直较为关注，早在读完遇罗锦的《一个冬天的童话》，就给了较高的评价，认为"较有深度"。1984年10月，从一家刊物辞职的遇罗锦到刘晓庆影片《无情的情人》的摄制组做了一名场记，从而有了这篇拍摄散记。在编委会讨论过程中，许多老作家对这篇文章持反对意见，姚雪垠却在发言中给予了高度的肯定，他在发言中这样说道："我与遇罗锦无半面之缘，现在第一期有她的稿

---

① 王增如:《丁玲办〈中国〉》,北京:人民文学出版社,2011年,第5页。

子,我感到高兴。这次我在法国接触到许多尖锐的问题,其中一个问题问,中国作家犯了错误是不是还能发表作品?我说:能,除非是叛国者!他又问,听说要是恋爱问题上犯了错误都不能发表稿子?我说,没有这个事情,都能发表!如果我们这个刊物拿到外国去,它会解决许多问题。遇罗锦,过去人家批评她,今天我们的创刊号,这么有威望的丁玲同志主编的大型刊物上发表她的文章,这本身带有政治意义。"①

　　姚雪垠之所以在发言中说"这次我在法国接触到许多尖锐的问题",是因为他当时刚刚去法国参加完活动回来。1984年10月27日至11月8日,姚雪垠因《长夜》法文本在法国阅读界所产生的巨大反响,而应邀赴法国参加了"马赛世界名作家会议",并出访巴黎和马赛,与时任法国总统密特朗有书信往来。巧的是,丁玲在这一年4月应密特朗总统的邀请访问法国,密特朗还专门在爱丽舍宫会见了丁玲。姚雪垠出访法国期间,在翻译李治华的陪同下接受了法国及美国驻法国的十一家媒体的采访。正是在这次采访中,国外记者对姚雪垠就当代作家及当代文学创作环境提了很多尖锐而敏感的问题,姚雪垠在回国后为此专门写的《访法简述》中这样记录:"向我采访的报刊和广播电台记者,除法共的《人道周报》记者阿兰·卢(他是法共中央委员,号称法共党内的中国问题专家)和吴珊(女)之外,都问到中国作家的各种问题,例如:

————————————

① 王增如:《丁玲办〈中国〉》,北京:人民文学出版社,2011年,第106页。

中国作家有什么组织？中国作家的稿子在发表前要经过什么审查手续？是否必须经过上级党的批准？犯过错误的(如男女问题)作家是否还能够发表作品？受过批评之后,是否还可以再发表作品？当作家是否必须入党？"①国外记者的这一系列问题,主要关涉的是当时中国作家的创作自由。其中提到的"听说要是恋爱问题上犯了错误都不能发表稿子",恐怕指的正是当时在国内曾因离婚问题掀起轩然大波,新华社甚至专门刊发了题为《一个堕落的女人》的内参点名批评的遇罗锦。所以姚雪垠在这次《中国》创刊号编委会上的发言,一方面表示了对遇罗锦文章及作家创作权利的肯定和支持,另一方面也是对丁玲办刊勇气和魄力的赞赏。丁玲也罢,《中国》也罢,遇罗锦也罢,此时都在风口浪尖上,而姚雪垠敢于在这时候明确地表示支持,同时也一并为复苏中的当代文学而大声疾呼,其胆识、其担当令人钦佩。

姚雪垠晚年第三次为丁玲发声是在丁玲去世后与陈明的两次通信中,而这一次的发声,姚雪垠主要表达了对丁玲品格和精神的高度肯定。在二十世纪八十年代文坛新与旧、"左"与右、现代与传统风云激荡的局面中,姚雪垠与丁玲保持了相同的思想立场,这便是旗帜鲜明地对文艺领域马克思主义思想立场的坚持,以及对种种所谓资产阶级思想倾向的反对和抵制,两人甚至因此而被贴上了"左"的标签。姚雪垠晚年的助手许建辉曾对此感慨

---

① 姚雪垠:《姚雪垠书系14·惠泉吃茶记》,北京:中国青年出版社,2000年,第603—604页。

道："20世纪50年代，丁玲成了'大右派'，姚雪垠成了'极右派'。80年代，丁玲成了'老左'，姚雪垠也成了'老左'——两道完全不同的生命轨迹染上了完全相同的两种色彩——也是一份'缘'吧？"①

平反以后，丁玲如何看待自己的经历，又如何看待个人与社会、国家及党之间关系的问题便十分引人关注。在这方面，丁玲显示出在政治上的高度敏感性。复出后的丁玲不论是接受媒体采访、访客会友，还是座谈发言；不论是国内演讲，还是境外出访，其讲话都表现出极强的党性原则。1979年的"七一"是丁玲平反复出后迎来的第一个"七一"，丁玲特意写下了《"七一"有感》一文，在文中丁玲动情地抒发了自己对党的感情："二十一年了，我被撵出了党，我离开了母亲，我成了一个孤儿！但，我不是孤儿，四处有党的声音，党的光辉，我可以听到，看到，体会到。我就这样点点滴滴默默地吮吸着党的奶汁，我仍然受到党的哺养，党的领导，我更亲近了党，我没有殒殁，我还在生长。"②这是丁玲党员意识的自觉表达和体现，在谈到文艺与政治的关系时，复出后的丁玲也表现出比以往更为自觉的政治中心意识，高度强调文艺为政治服务的观点和立场，即使这种观点在以"拨乱反正"为主调的八十年代的语境中已多少显得有些"僵化"和"教条"，但丁玲并不

---

① 许建辉：《"左""右"皆是缘》，《中国现代文学馆馆藏经典作家文物文献研究》，北京：文化艺术出版社，2013年，第65页。
② 丁玲：《丁玲全集（第八卷）》，石家庄：河北人民出版社，2001年，第16页。

在意,反而一再地强调自己的观点。丁玲的"中心"姿态,在八十
年代初的那场清除精神污染的运动中变得更为突出。1983年中
央在思想战线上发起清除精神污染的运动,身为中国作协副主席
的丁玲听从号令,紧跟形势,连续发言,表示坚决拥护党中央防止
和清除精神污染的决策。丁玲在整个清除精神污染的运动中可
谓冲锋在前,表现出异乎寻常的政治热情,而且言辞极具战斗性。
这种话语风格,对于刚刚从政治运动中走过来的人们来说,显得
有些刺耳。也是在清除精神污染的运动中,1983年9月,中国作
协作家支部举行了学习《邓小平文选》的座谈会,会后根据发言整
理了一份简报上报作协党委并转交给邓小平同志。邓小平在审
阅后做了批示,这件事情在当时引发了有关丁玲等人向中央递交
"诬告信"的传言,丁玲也由此被看作借清除精神污染运动进行
"打棍子"的代表。当时社会上甚至流传出把丁玲、艾青、臧克家、
欧阳山称为"四条棍子"的说法。1984年12月召开的第四次作家
代表大会上,丁玲曾被台下坐着的人喊作"红衣主教"。对于这些
言论和看法,丁玲曾说道:"我戴了二十多年的帽子,刚刚才被摘
下,正要戴上正统帽子的时候,现在又有人要给我再戴帽子,说我
'左',说我打棍子,因为我批评这些文章,我就等着看这棍子打得
对不对。"①关于丁玲复出后的这种"向'左'偏"的政治心态,学者
秦林芳在《丁玲评传》中认为,这与丁玲多年所受的政治伤害有

---

① 汪洪:《左右说丁玲》,北京:中国工人出版社,2002年,第310页。

关,是一种"自我保护"的表现:"为了消极地保护自己,为了避免在自己彻底平反问题上再起祸端,为了避免遭受新的心灵打击,复出后的丁玲开始与政治合流、共谋,在许多政治问题上开始不仅自觉地'顺着说',而且还常常说得过分、夸大,失去了应有的分寸感。这固然可以看出她的政治策略与智慧,但也可以见出她的无奈和意志的脆弱。"①

与丁玲相似,姚雪垠也在二十世纪八十年代的文坛上体现出强烈的政治中心意识。面对八十年代初开始活跃于文坛的种种"通俗文学"现象,姚雪垠表现出一种深深的忧虑意识,同时显示出强烈的政治敏锐性,"目前通俗文学的勃兴不仅是一个文艺问题,也更是一个社会问题。只有作为一个社会问题看,我们对它的产生、泛滥、影响等等问题才能够认识清楚。又由于许多出版者、编辑者、撰稿者、各种支持者是共产党员,所以也牵涉到党风问题、党员的思想素质问题"②。1985年,姚雪垠更是在《红旗》杂志的邀请下就刘再复的《论文学的主体性》展开了一场论战。论战的结果是:"一场不了了之的论争本无胜负之分,然而事实上姚雪垠却真是败得一塌糊涂。不仅因为扣在他头上的极左帽子再难摘下来,更因为那些遭遇刘再复'株连'而受到他严厉批评的'新一代作家学人',有不少是在对他毫无'了解'可言的情况下,

---

① 秦林芳:《丁玲评传》,南京:南京大学出版社,2012年,第459页。
② 许建辉:《姚雪垠传》,武汉:湖北人民出版社,2007年,第325页。

就匆匆忙忙接受其引导者的授意而实施了对他的否定判决。"①姚雪垠与丁玲在八十年代文学界的思潮涌动中表现出相同的政治意识与文学使命感,而且这种对当代文学政治中心意识的维护表现出相当的一致与自觉,这可以说是一个很有意味的现象。

1987年,丁玲去世一年后,姚雪垠在给陈明的一封信中这样写道:"我近来所做的一些事,如写批评文章,在政协大会发言,以及昨日下午在家中接见十几位香港、新加坡记者,都是为了一个目的,这一目的是我与丁玲同志所共有的,即保卫五四以来的革命文学传统,保卫马克思主义的文学思想阵地,保卫社会主义文学的正确方向。假若丁玲尚在人间,我们会同心协力地并肩战斗,对海内外的影响会更大。"②字里行间,我们能够强烈地感受到那种守护革命文学立场的坚定信念。在这里,姚雪垠把丁玲看作一位可以"同心协力地并肩战斗"的战友。

1993年3月,湖南桃花源召开了丁玲创作研究研讨会,姚雪垠因夫人病重而未能赴会。为此他特意给陈明写了一封信,在信中姚雪垠着重对丁玲的品格与精神给予了高度的肯定与评价:"丁玲同志比我年长数岁,不仅是朋友,首先我是她的读者。不管在她生前还是死后,我对她都怀着温暖的友情和深深的敬意。丁玲在中国现代文学史上的价值,不仅在于她是一位有成就的女作

---

① 许建辉:《姚雪垠传》,武汉:湖北人民出版社,2007年,第337—338页。
② 姚雪垠:《姚雪垠书系20·绿窗书简(上)》,北京:中国青年出版社,2000年,第525页。

家,而更可贵的在于她是五四以后第二代风起云涌的作家群中最杰出的作家之一。我敬重丁玲,首先因为她是在血与火的新民主主义革命年代中顽强战斗的杰出作家,其次才考虑她是女作家……五四以后,新文学阵营中出现的作家很多,我最佩服的是作家兼战士类型。丁玲是这一类型的杰出代表。虽然今日的社会风气与从前不同了,但是抚今追昔,为着中国社会主义文学事业的健康发展,丁玲的形象是不该被淡忘的。在文艺思想混乱的时代,不仅她的文学事业值得继承,她的人格和精神也值得继承。总之一句话:丁玲是不朽的!"[1]回顾当年,即使在丁玲去世后,对她的"所谓'左'的负面评价经久不息"[2]。所以,姚雪垠在信中对丁玲这样评价,很大程度上是对现实中某些杂音的表态和回应。其中既有对丁玲人格的高度赞赏,有对丁玲所受世人不公批评的反驳,又有因失去挚友后而独面风雨的感慨,体现出的是一位当代作家的真诚与勇气。

　　姚雪垠与丁玲是当代文坛一对难得的互相欣赏的挚友,他们晚年时期的交往,既因两人的性格相投、才情互赏,以及曾经的右派经历的共鸣,又有在八十年代文坛对共同的思想立场的坚守;除此之外,他们之间友谊的凝结还因两人都与李自成有着很深的渊源。姚雪垠与李自成的联系自不必说,那么丁玲与李自成有什么关系呢? 说来有点出人意料,按丁玲家族中的一种传闻,丁玲

---

[1] 许建辉:《丁玲与姚雪垠的晚年交往》,《文艺报》2011年3月11日,第6版。
[2] 蒋祖林:《丁玲传》,北京:人民文学出版社,2016年,第542页。

是李自成的后代。此说的详情见于丁玲之子蒋祖林所写的《丁玲传》，该书开篇第一章的标题便是："她是李自成的后裔？"在书中，蒋祖林关于母亲丁玲家族史有着这样的记述："然而，从清初至民国，蒋氏家族中丁玲这一支却不忘认'逆'、认'贼'、认'寇'为祖，代代相传，说：'我们实乃李自成之后裔。'"①这一说法的依据是：当年李自成在兵败后禅隐湖南石门县夹山寺为僧，"为留一血脉，曾将一幼子过继给蒋家"。"将这几个分支一代一代溯源而上（自丁玲上溯九代），无不源于一个名叫蒋其魁的人。也就是说，这几个小分支合为一支，都是蒋其魁的后人。而这个名叫蒋其魁的人极为可能就是李自成过继给蒋家之幼子。"②丁玲从小就从家族中长辈那里听到了这种说法，按蒋祖林所说，1944年在延安开展关于郭沫若的《甲申三百年祭》学习的过程中，母亲第一次讲了自己是李自成后代的事，那一年蒋祖林十四岁。丁玲晚年时专门就此事向从事历史研究的专家咨询过，也通过书信的方式回复过学界研究者对此说的问询。虽然我们还没看到丁玲与姚雪垠关于此事的交流记录，但可以想到的是，丁玲与姚雪垠在晚年时既是近邻，又是挚友，姚雪垠又是现代文学史上书写李自成历史的大家，是李自成相关历史研究的专家，所以几乎可以推断，丁玲肯定就此事与姚雪垠有过深谈，而这也可以说是姚雪垠与丁玲真挚友谊中一条隐性的纽带。

---

① 蒋祖林：《丁玲传》，北京：人民文学出版社，2016年，第3页。
② 蒋祖林：《丁玲传》，北京：人民文学出版社，2016年，第4页。

三、张贤亮新时期文坛的文化心态与文学写作

　　张贤亮是新时期文坛上的一位实力派作家,关于他在复出文坛时期的人生轨迹及其政治文化心态同样有着深入解析的必要。张贤亮出身于一个典型的资产阶级家庭,1957年受反右运动冲击而长期在宁夏地区劳动,1978年获得平反。在《一切从人的解放开始》一文中,张贤亮对二十世纪七十年代末邓小平倡导的"思想解放"运动给予了高度的评价:"在中国思想史、文化史乃至中国整部二十世纪史上,其规模及深远的社会影响,我认为大大超过五四运动。那不是启蒙式的、由少数文化精英举着'赛先生德先生'大旗掀起的思潮,而是一种迸发式的,是普遍受到长期压抑后的普遍喷薄而出,不仅松动了思想上的锁链,手脚上的镣铐也被打破,整个社会突然产生一种前所未有的张力。从高层和精英人士直到普通老百姓,中国人几乎人人有话说。更重要的是那不止于思想上的解放,一切都是从人的解放开始。没有人的解放,便没有思想的解放。所以,人们才将那个时期称为'第二次解放',并且我以为那才是真正的'解放'。"①张贤亮对思想解放运动的高度称赞,包含了一位右派作家在历史重大转型时期的切身感受,这也是历经劫难的个体重获新生后对历史的真切感知。张贤亮的这种政治心态及心理感受,在平反后的作家中极具代表性。正

---

① 张贤亮:《中国文人的另类思路》,上海:上海人民出版社,2013年,第3页。

是带着这样的心理，复出后的张贤亮表现出巨大的政治热情，他热切关注改革进程，关注时代的变化，感知着时代的律动，与时俱进，甚至在商品经济的大潮里弃文从商，成为一名经营影视公司的董事长。

张贤亮在获平反后，不仅勤奋创作，而且积极参政议政，并很快就加入了中国共产党。1983年，张贤亮刚从劳改农场出来不久就成了全国政协委员，参加了第六届人民政协会议。在这次参会期间，张贤亮应邀到中南海参加统战部召开的座谈会，会议由时任统战部部长的阎明复主持。在这次座谈会上，张贤亮坦诚地谈了对共产党如何实现自身改造的认识，认为中国共产党要改造世界、改造社会必须先改造自己，而改造自己应先从改变自身的党员结构开始，建议大量吸收知识分子入党，让知识分子在党中占多数，从而适应建设社会主义现代化的需要。张贤亮的这一发言后来得到了胡耀邦的批示。从1984年开始，中国共产党在全国范围内开始大批吸收知识分子入党。张贤亮本人也在这一年的"七一"前夕加入了中国共产党。从1983年第六届全国政协开始，张贤亮连任全国政协委员，而且每次参会都认真撰写提案，认真履行政协委员的职责，发挥参政议政的作用。张贤亮在一篇文章中写道："作为一名政协委员，就不能辜负这一委托，在每年的政协大会上，我都在此之前准备一个话题。一方面是为了在小组会或小组联会上发言，一方面借助媒体发表自己的见解，在我的视野范围内，对我国改革开放的方方面面有所促进。我每次选择的议题都力求顺应潮流、与时俱进,并有一定的前瞻性。参加了这么多届、这么多年全国人民政协大会,我不仅增加了参政议政的能力及水平,提高了政治洞察力,也增强了我对政治的兴趣,增强了对国家大事的关心与忧患意识,对个人来说,使我的生活和内心也更为充实及丰满。这是我一生中之大幸。"[①]

二十世纪八十年代的文坛上,张贤亮因写下《绿化树》《男人的一半是女人》《灵与肉》等反思小说而闻名。但张贤亮并不是一个一味地沉思历史、让自己止步于此的作家,而是在反思过往的同时,把目光转向正在发生变革的当下,并表现出极大的热情。比如他在写这些与右派经历有关的反思小说的同时,也写下了《男人的风格》《龙种》等直面改革的小说。张贤亮在 1984 年写给作家李国文的一封信中就谈道:"作为一个当代中国作家,首先应该是一个社会主义改革者。我们自身具有变革现实的参与意识,我们的作品才有力量。如若我们自身缺乏变革现实的兴趣,远离亿万人的社会实践,我们就等于自己扼杀了自己的艺术生命。我们也就不能再从事这种职业了。"[②]

张贤亮的参政议政热情以及对改革的热切期待,不仅体现在以政协委员的身份提交提案上,他还投身改革的大潮,从作家转变为一名商人。在二十世纪九十年代的"下海"热潮中,张贤亮成为"文人下海"的典型,而这一转型的动力,正是来源于 1992 年邓

---

① 张贤亮:《文人的另种活法》,长春:时代文艺出版社,2013 年,第 53—54 页。
② 张贤亮:《文人的另种活法》,长春:时代文艺出版社,2013 年,第 12—13 页。

小平的"南方谈话"。用张贤亮自己的话说："我认为作家要深入当前市场经济生活,最好的方式无过于亲自操办一个企业。"①张贤亮当时自己出资七十八万元创办了"宁夏华夏西部影视城公司",公司的基地在镇北堡,称为"镇北堡西部影视城"。镇北堡是张贤亮当年下放劳动改造的地方,在小说《绿化树》里,张贤亮还专门提及了这个地方。谈及自己弃文从商的选择,张贤亮认为除了顺应时代潮流,也与自身多年的相关准备有关："最重要的还是我个人的市场经济思想准备和在青少年时期读了些书,多少具有一定的文化素养。在长达二十二年的劳改期间,除了'马恩列斯毛'的著作,是不允许读书的。但读书成了我的习惯,尽管环境恶劣,稍有闲暇总要捧本书看。马克思的《资本论》就一直陪伴我度过了那段艰辛的日子。这部巨著不仅告诉我当时统治中国的极左路线绝对行不通,鼓励我无论如何要活下去,而且在我活到改革开放后让我能大致预见中国政治经济的走向。"②对于"下海"的成绩和收获,张贤亮曾对自己做了这样的评价："作为一个作家,'下海'的经历丰富了我的创作素材……虽然近些年我在文学上似乎止步不前,但至少我为社会提供了二百多个就业机会,给镇北堡西部影城周边农民每年提供五万个工作日,原来举目荒凉的地方被我带动成为繁荣的小镇,附近数千人靠我吃饭,这总使我

① 张贤亮:《文人的另种活法》,长春:时代文艺出版社,2013年,第154页。
② 张贤亮:《文人的另种活法》,长春:时代文艺出版社,2013年,第154页。

感到自豪。"①

四、当代作家的"下乡""返乡"与乡土书写

从上述作家的人生经历中可以看出,当年"下乡"劳动的经历是他们一生中最为深刻的记忆,这同时使他们有了一种深刻的乡土生活体会,而这些必然会对他们此后的文学创作产生深刻的影响。事实也的确如此,从复出后右派作家们所发表的作品来看,这种影响是显而易见的。由于复出的作家在二十世纪八十年代的文学思潮中有着举足轻重的影响力,因此,他们的这种特有的"下乡记忆"与特有的"乡土书写"便与八十年代的文学有了一种深刻的联系。

丁玲当年到北大荒进行劳动,她与丈夫陈明先后在北大荒的汤原农场和宝泉岭农场生活多年。复出后,丁玲很快写出了《"牛棚"小品》,讲的正是自己和陈明在宝泉岭农场被关"牛棚"的往事和经历。1979年,丁玲在《人民文学》上发表了作品《杜晚香》,以此作为自己复出文坛的标志。这篇小说中的女主人公杜晚香的原型正是北大荒宝泉岭农场第七生产队的一个女标兵。1964年丁玲在宝泉岭农场工作时与杜晚香结识,杜晚香给她留下了深刻的印象。丁玲在作品中对杜晚香倾心于北大荒建设的献身精神给予了高度赞美。谈及这部作品时,丁玲深情地说道:"我写杜晚

---

① 张贤亮:《文人的另种活法》,长春:时代文艺出版社,2013年,第159页。

香对北大荒的感情，实际也是我自己的感情，也是北大荒人共有的感情。尽管我写得不够，但如果我自己没有这样的感情，我是写不出杜晚香的。"①此外，丁玲于复出后还计划完成《太阳照在桑干河上》的续篇《在严寒的日子里》，后由于身体问题只完成了二十四章，于1979年发表在《清明》的创刊号上。可以看出，丁玲于1979年平反复出之际发表的几部作品均与自己在农场生活和劳动的经历有关，不论是以纪实的方式直接书写自己的亲身经历，还是以小说的形式讲述他人的故事，那种"下乡"的生活体验都深深地嵌入了她在新时期的文学创作当中。

作家高晓声当年曾被遣送回原籍江苏省武进县。1962年被派往武进县三河口中学任代课教师。1968—1970年，在三河口公社梧岗五队参加劳动，至1978年，平反后"由乡而城"。平反后，高晓声于1979年5月在《钟山》杂志上发表短篇小说《"漏斗户"主》。同年7月，在《雨花》上发表短篇小说《李顺大造屋》，该作获1979年全国优秀短篇小说奖。高晓声的这些作品围绕着乡村农民于极左时期的经历和命运来书写，这一写作取向与作家返乡务农的经历同样有着十分紧密的联系。

刘绍棠在二十世纪五十年代后期先是被派到北京门头沟永定河畔采挖沙石，后又被分配到北京南郊大兴县的高米店、安茨县桐柏镇、通县张家店等地从事平整土地、兴修农田水利的劳动。

---

① 丁玲：《丁玲全集》(第九卷)，石家庄：河北人民出版社，2001年，第267—268页。

六十年代中后期,刘绍棠回到了自己的故乡通县儒林村,直到1979年才回到北京。十多年的故乡生活,使他平反复出后的创作始终与故土乡民紧密相连。可以说,正是这一"返乡"的生活经历,才有了八十年代以来刘绍棠所创作的《地火》《春草》《狼烟》《蒲柳人家》《碧桃》《小荷才露尖尖角》《豆棚瓜架雨如丝》《这个年月》《十步香草》《野婚》等作品的问世。

作家张贤亮在1957年被下放到宁夏当地的南梁农场参加劳动长达二十一年。平反复出后的张贤亮先后发表了《绿化树》《灵与肉》等作品,在这些作品中,张贤亮都着重写了一个改造中的知识分子与劳动人民及土地之间血肉相连的关系。这样的书写,与他多年在劳改农场的生活经历不无关系。在小说《邢老汉与狗的故事》中,张贤亮更是把目光直接聚焦于一个普通农民邢老汉的身上,通过对他在二十世纪五六十年代婚姻遭遇的讲述,把一个底层农民于极左时代人生的不幸书写了出来。也是在农场的二十多年的生活,使张贤亮对这片荒凉的大地有了不同的体认。正是这种感情和认识,使张贤亮在九十年代"下海"经商后,依托当年下放劳动的所在地镇北堡,建起了华夏西部影视城。

王蒙于1963年举家来到新疆乌鲁木齐,后被派到伊犁地区伊宁县红旗人民公社巴彦岱劳动锻炼,直到1979年6月才由新疆迁回北京。在这十六年里,王蒙学会了维吾尔语,与当地的少数民族兄弟结下了深厚的友谊,也从新疆少数民族人民那里感悟到达观的生活态度。正是有着如此丰富的在新疆劳动生活的体验,才于日后有了《哦，穆罕默德·阿麦德》《淡灰色的眼珠》《爱弥拉姑娘的爱情》《逍遥游》等作品的诞生。2015年，王蒙凭借长篇小说《这边风景》获得第九届茅盾文学奖。这部作品最早是1972年王蒙在新疆时便开始动笔写的，所写的内容正是以自己在伊犁农村生活经验为基础的，到1978年完成了书稿。但由于种种原因，这部书稿一直没有出版，直到2012年王蒙才又对全书进行了校订，由花城出版社于2013年出版。小说以新疆农村为背景，从公社粮食盗窃案入笔，用层层剥开的悬念和西域独特的风土人情，为读者展示了一幅现代西域生活的全景图。同时，也反映了汉、维两族人民在特殊的历史背景下的真实生活，以及两族人民的相互理解与友爱共处，而这些生活内容的书写正来自王蒙十六年新疆生活的积累。

作家从维熙复出后创作的《大墙下的红玉兰》《风泪眼》《阴阳界》《断肠草》《泥泞》《远去的白帆》《雪落黄河静无声》《方太阳》《猫碑》等作品，同样无不与他多年的劳改农场的经历和记忆有关。

总之，在二十世纪五十至七十年代，作家的"下乡"与"返乡"成为一种普遍现象，不管是在农场还是返乡务农，当代作家的这一次"由城而乡"的经历注定留下的是刻骨铭心的记忆。这种乡土生活记忆对他们后来的创作产生了十分重要的影响，也形成了当代文学中特有的乡土叙事。

第五章　当代文学形象阐释的
历史向度与可能

一、当代文学中的新人形象

　　不论是从国史叙述的层面,还是从文学抒情的角度,抑或是国民大众集体怀旧的言说中,新中国成立后五十年代的社会生活都被赋予了一种朝气蓬勃、淳朴明丽的色彩。1949年是历史的分水岭,新国家、新政权、新制度的诞生,寓示着历史新篇章的掀开,如同胡风的《时间开始了》、何其芳的《庆祝我们伟大的节日》中所抒发出的那种情怀,总之是一种走进了一个全新时代的意思。这种全新不仅体现在社会制度层面的改造上,而且体现在人们的精神及心理层面的变化上。二十世纪五六十年代朝气蓬勃的社会面貌由此而生,那个时代也因此成为一个于如今而言充满怀旧情绪的时代。

　　每个时代的社会生活都有其特定的内容和旋律,这种内容在国家政治、经济生活或大众文化生活等方面都有着十分鲜明的承载和体现。如果用关键词来捕捉那个时代的生活,那么可以罗列出诸如"土改"、"三反"、"五反"、抗美援朝、除"四害"等词语。从社会精神面貌的层面来看，可以用朝气蓬勃、欣欣向荣来描述和涵盖，因为那是一个全新的开始，所有有关新社会的承诺，都给人以无限的憧憬和期待。历经多年的战乱之苦，和平的到来显得弥足珍贵，安居乐业成为触手可及的现实。翻身解放、当家做主，从农村的互助组、生产队、公社到城市的机关单位、工厂学校、居民委员会，人民被赋予了全新的意义，被最大程度地动员和组织起来直接参与国家政治生活中。这对绝大多数的国民而言是一种全新的体验。从精神气质的层面来看，五六十年代的国民大众表现出一种单纯质朴、乐观向上的态度。社会主义思想教育的深入、新的全民道德教育的推广、社会发展蓝图的描绘、执政党强大的号召力、国家领袖的全民偶像化，都使得五十年代的人们在精神生活领域有着一种热情明快的特点。齐心协力、万众一心既是一种倡导，也是良好的社会凝聚力的一种体现，政府有着十分强大的社会动员能力和组织能力，特权与腐败现象的有限性以及社会风气的良性发展，使民众与政府间达成了一种互信的关系，执政党的威望与公信力都达到了空前的高度。民众相信政府的承诺并被这种承诺鼓舞。五六十年代在社会生活的层面上体现为高度的政治化与集体化，从合作化到除"四害"，从工商业的社会主义改造到文艺界批评运动的开展，都有着浓厚的政治运动的色彩，或者说五十年代的社会工作和社会改造工程被高度地政治运动化了。与此同时，全民总动员式的集体化动作模式，使集体主义观念成为一种社会核心价值观，公而忘私、无私奉献成为被全力倡导的社会风尚。五六十年代的文学创作正是在这种社会精神风貌下所孕育和发展的，它同时与这种社会风气形成一种相互呼应的关系。纵观五六十年代的文学创作可以看到，革命历史书写与现实生活的颂歌成为两种占主导地位的文学方向。前者主要表现为一系列讲述革命历史斗争生活的作品的问世，如《青春之歌》《铁道游击队》《保卫延安》《红日》《林海雪原》等；后者主要体现为一批热情洋溢地书写社会主义新生活面貌的作品的诞生，如王蒙的《青春万岁》《组织部新来的青年人》、柳青的《创业史》、周立波的《山乡巨变》、赵树理的《山里湾》、李准的《李双双小传》、浩然的《艳阳天》等，这些作品呈现出的青春写作与对社会主义新人的诉求成为五六十年代文学创作中一个十分重要的趋向。

打造新人、改造国民性，这是近现代以来的中国在建立、建设一个现代民族国家的进程中一项十分重要的工程。早在1903年，梁启超便在其《新民说》一文中写道："故欲其身之长生久视，则摄生之术不可不明；欲其国之安富尊荣，则新民之道不可不讲。""然则为中国今日计，必非恃一时之贤君相而可以弭乱，亦非望草野一二英雄崛起而可以图成，必其使吾四万万人之民德、民智、民力，皆可与彼相埒，则外自不能为患，吾何为而患之？此其功虽非旦夕可就乎，然孟子有言：'七年之病，求三年之艾，苟为不蓄，终身不得。'今日舍此一事，别无善图。宁复可蹉跎蹉跎，更阅数年，将有欲求如今日而不可复得者。呜呼，我国民可不悚耶！可不勖耶！"①承前启后，鲁迅在回顾自己当年弃医从文的经历时也谈过这样的话："这一学年没有完毕，我已经到了东京了，因为从那一回以后，我便觉得医学并非一件紧要事，凡是愚弱的国民，即使体格如何健全，如何茁壮，也只能做毫无意义的示众的材料和看客，病死多少是不必以为不幸的。所以我们的第一要著，是在改变他们的精神，而善于改变精神的是，我那时以为当然要推文艺，于是想提倡文艺运动了。"②

借助文艺来达到改造国民性的目的，这在现代以来的具有启蒙思想意识的中国知识分子身上是一种共识。但就文艺作品本身所表现出的国人的精神面貌来看，在二十世纪二十年代的作品中，大多流露出的是一种孤独、苦闷的情绪，这在鲁迅、郁达夫、庐隐等作家的作品中可以得到反映，留下的是一代觉醒了的孤独者的身影。进入三十年代后，在一批左翼作家的作品中，"革命罗曼蒂克"成为作家赋予时代新人的一种特有的精神品性，蒋光赤、胡也频、丁玲等作家的作品记录下了这一时期与时代共振的青年知识分子寻求新民之路的足迹。文学作品中出现的真正的一代乐观、自信、充满自主意识的新人形象是在四十年代的解放区。小二黑、小芹（《小二黑结婚》），李有才（《李有才板话》），王贵（《王贵与李香香》），赵玉山、郭全海（《暴风骤雨》），等等人物，展示出了在一种正在壮大的新政权领导下新人的风貌与精神气质。如果

---

① 李华兴、吴嘉勋：《梁启超选集》，上海：上海人民出版社，1984年，第210页。
② 鲁迅：《鲁迅全集》（第一卷），北京：人民文学出版社，2005年，第438—439页。

我们把文学与生活之间看作一种映射关系，那么就文学叙事而言，这一批新人形象的出现，已经寓示着近现代以来新国民性诉求的基本达成，他们也内在地传递出：新政权是新人的最坚实、最可靠的政治保障。二十世纪五十年代的文学作品注重宣扬集体主义、乐观主义、英雄主义的革命精神，高扬着革命的激情。对这种精神的宣传和培养，正是社会主义文艺的一个重要内容。正如有学者所说，在二十世纪五六十年代的审美意识形态中，"以改造人性为主的继续革命的主题在不断地强化着，革命已经进入了版本升级阶段：改变经济所有制、以暴力为手段的阶级斗争叙事已经逐渐改变为以塑造人的心灵本能结构为主的阶级斗争叙事。对人的潜意识进行全面改造的'灵魂改造'之工程在革命审美文本中已经完全启动"①。可以看到，五十年代的文学作品十分注重对英雄形象的塑造，这些英雄人物成为打造社会主义新人最具范式意义的榜样和典型，他们的政治信仰、思维逻辑、行为准则、道德诉求、精神境界都具有启迪与教育意义；他们身上的那种不怕牺牲、视死如归、公而忘私的道德品质，通过革命历史小说的叙述，也具有了一种强大的道德感召力。正如周扬所言："我们的文学艺术总是要表现工农兵的思想感情的，特别是表现工农兵群众中先进分子的思想感情。这就是说，要歌颂他们坚韧的斗争意志、忘我的劳动热忱，表扬他们对集体、对国家、对人民利益的无

---

① 余岱宗：《被规训的激情——论 1950、1960 年代的红色小说》，上海：上海三联书店，2004 年，第 31 页。

限忠心，借以培养人民的新的品质和新的道德，帮助人民推动历史前进。"①

新中国成立后的五十至七十年代，文艺生产与国家意识形态生产之间的紧密关系，决定了彼时的文学艺术作品在国民塑形、精神改造、国家想象方面所承担的重要功能。在毛泽东的《在延安文艺座谈会上的讲话》发表二十周年之际，1962年5月23日的《人民日报》上刊登了一篇题为《为最广大的人民群众服务》的社论，文章指出："文学艺术在培养共产主义新人、用高度的爱国主义和国际主义精神教育青年一代的工作上，负有特别重要的使命。我们现在的青年一代是在和平的、比较顺利的环境中长大的，他们很容易把生活理解得简单化。可是，他们是建设新社会的接班人，需要肩负艰巨的复杂的任务，需要他们不断地去克服新的困难。社会主义文艺应当通过对于社会主义现实的真实描写，帮助青年提高共产主义觉悟，帮助他们认识生活的多样性、复杂性，认识新事物战胜旧事物的艰苦过程，培养他们在战略上藐视困难、战术上重视困难的革命精神和求实精神，使他们对于当前的时代有正确的认识，对于未来的任务有充分的精神准备。为了同样的目的，还要通过文学艺术向青年们进行革命传统的教育和民族传统的教育，让他们具体地了解我国人民革命的战斗历程和英雄事迹，了解我国各民族历代祖先艰苦创业、英勇奋斗的历

---

① 周扬：《周扬文集》（第2卷），北京：人民文学出版社，1984年，第240页。

史。"①这段话已明确指出了新中国成立后文学艺术的使命与共产主义新人培养的关系。

文艺作品一方面记录着现代中国的新民之路，另一方面，也以其巨大的精神影响力，在新人的培养和塑造方面发挥着无可取代的作用，这在新中国成立后的五十至七十年代的国家意识形态建设中体现得最为突出。新中国成立后，建设和发展社会主义的国家诉求，以及有关共产主义蓝图的设想，都使打造和培养新的国民精神成为一种现实政治需求，其中中国当代文艺承担着最为重要的职责。程光炜在一篇文章中深刻地反思了新中国成立后的革命历史叙事与当代国人精神成长之间的关系："对1949—1959年间出生的这一代人来说，革命传统教育、爱国教育和政治教育当然是人生教育系统中相当重要的部分，然而深刻地塑造了他们的世界观和人生观，对其一生思想模式和人格操守产生重大影响和规范作用的，应该是对50—70年代革命历史文学的阅读。在对新中国成立后出生的这代青年实施的庞大和革命化的教育工程中，文学虽然只是一个较小的项目，它形象化的功能和当代性、青年性的特征，却能最大限度地吸引青年人的人生选择，深入他们的精神世界，发挥其他教育方式不可替代的作用。"②

考察新中国成立后五十年代的青春写作及新人形象，王蒙的

---

① 《为最广大的人民群众服务——纪念毛泽东同志〈在延安文艺座谈会上的讲话〉发表二十周年》，《人民日报》1962年5月23日，第1版。
② 程光炜：《我们是如何"革命"的？——文学阅读对一代人精神成长的影响》，《南方文坛》2000年第6期。

《青春万岁》和《组织部新来的青年人》是最具标志性意义的文本。
王蒙1934年生于北京，1948年加入中国共产党，在共青团北京市
工委工作。五十年代担任过共青团北京市三区区委中学部干事、
部长、区委副书记，共青团北京市委大学委员会委员以及国营七
三八厂团委副书记。1953年创作长篇小说《青春万岁》。1956年
发表短篇小说《组织部新来的青年人》，由此被错划为右派。1957
年后在京郊劳动改造。1962年调北京师范学院任教。1963年起
赴新疆生活、工作十多年至1979年调北京市作协工作，曾任作协
党组书记、文化部部长等职。

　　《青春万岁》初稿完成于1953年，当时王蒙年仅十九岁，但该
作品的正式出版是在1979年。其中的缘由和波折，王蒙在小说
1997年的再版后记中有过详细的说明和交代："《青春万岁》初稿
于一九五三年，经潘之汀、吴小武（萧也牧）同志及中国青年出版
社帮助，推荐到萧殷同志那里。经萧殷同志指点并帮助联系创作
假，我于一九五六年改出。一九五七年初经浦熙修、梅朵同志安
排，部分章节曾在上海《文汇报》'笔会'栏连载。中国青年出版社
发排后，因为众所周知的原因，小说未能出版。一九六二年，经韦
君宜、黄秋耘同志关心，冯牧同志再次仔细审读，确定可以出版。
后因八届十中全会狠抓阶级斗争的精神下达，此书经当时团中央
一位领导同志再次审查后再次搁浅。至一九七八年，重新提出了
出这部书的问题。终于，一九七九年，此书第一次面世——由人
民文学出版社出版。距开始写此书已二十六年矣——超过了四

分之一个世纪。"①小说于1983年由黄蜀芹执导而搬上银幕，由任冶湘、张闽、梁彦、秦岭、郭凯敏、施天音等主演，于1984年获得了苏联塔什干国际电影节纪念奖。

《青春万岁》散发出一股强烈的理想主义、英雄主义与浪漫主义的气息。小说描写的是二十世纪五十年代初期，一群天真烂漫的北京女中学生的生活，赞美了她们不断探索的精神、昂扬向上的斗志以及如诗似歌的青春热情。小说真切地记录了五十年代的社会精神风貌，它对追溯五十年代的青春朝气有着重要的文本价值。在作品中，作者通过对一批女高中生生活的描写，把那个时代青年人的志向和抱负、社会责任感以及忘我利他的道德风尚呈现了出来。正如作者在小说1979年出版后记中所写："五十年代中学生生活中的某些优良传统和美好画面（例如：对于又红又专、全面发展的提倡；团组织和班集体的丰富多彩的活动和生动活泼的工作；同学们之间的友爱、互助及从中反映的新社会的人与人之间的关系；开始建立起来的师生之间的新型关系；特别是一代青年对于党、对于毛主席、对于社会主义祖国的无限深情……），不是仍然值得温习、值得纪念吗？何况是当林彪、"四人帮"把这一切都无情地践踏了、摧残了以后，在需要拨乱反正、正本清源，以实现四个现代化的战略决策的时候。再说，一个人从小到大自会有很多变化，有质变，有连续性的中断和飞跃。然而，

---

① 王蒙：《王蒙文存　第1卷　青春万岁》，北京：人民文学出版社，2003年，第317页。

人们总会从少年时期保存、继承下某种东西。好的，应该发扬；坏的，应该警惕和克服。这么说，回顾一下五十年代某些城市中学生的生活和思想感情，也不是毫无意义的吧？"[①]

作品对五十年代成长中青年人的青春风采进行真切记录，将新中国成立后青年一代与年轻的共和国一同成长的激越情怀抒发了出来，这种迎面而来的朝气在王蒙小说开篇的序诗中有着十分强烈的体现："所有的日子，所有的日子都来吧／让我编织你们，用青春的金线／和幸福的璎珞，编织你们／有那小船上的歌笑，月下校园的欢舞／细雨蒙蒙里踏青，初雪的早晨行军／还有热烈的争论，跃动的、温暖的心……／是转眼过去了的日子，也是充满遐想的日子／纷纷的心愿迷离，像春天的雨／我们有时间，有力量，有燃烧的信念／我们渴望生活，渴望在天上飞／是单纯的日子，也是多变的日子／浩大的世界，样样叫我们好惊奇／从来都兴高采烈，从来不淡漠／眼泪，欢笑，深思，全是第一次／所有的日子都去吧，都去吧／在生活中我快乐地向前／多沉重的担子，我不会发软／多严峻的战斗，我不会丢脸／有一天，擦完了枪，擦完了机器，擦完了汗／我想念你们，招呼你们／并且怀着骄傲，注视你们。"[②]可以说，小说通过刻画一群思想性格不同、充满青春活力的女学生的风采，谱出了一曲社会主义的青春之歌，真实地再现了一段历史性生活，浓烈的时代感贯穿于整组人物形象

[①] 王蒙：《王蒙文存 第1卷 青春万岁》，北京：人民文学出版社，2003年，第316页。

[②] 王蒙：《王蒙文存 第1卷 青春万岁》，北京：人民文学出版社，2003年，第1页。

的艺术创造之中。

　　小说创作于1953年,当时已是团区委副书记的十九岁的王蒙开始了他的青春写作,在自传中王蒙这样描述自己当初写作《青春万岁》时的动机和心情:"尤其是一九四九年以后的日子,像画片照片,像绿叶,像花瓣,像音符,像一张张的笑脸和闪烁的彩虹,这就是新中国第一代青年的日子,没有比度过体味过这样的日子与编织这样的日子更幸福的了,在编织日子的激动中,我体会到写作是人生的真正的精神享受,是这种享受的峰巅。我不会演奏任何乐器,然而我的写作是真正的乐器演奏。写《青春万岁》,我的感觉是弹响了一架钢琴,带动了一个小乐队,忽疾忽徐,高低杂响,流水丁冬,万籁齐鸣,雷击闪电,清风细雨,高昂狂欢,不离不即……我是在写小说,但是我的感觉更像是写一部诗,吟咏背诵,泪流满面。我的感觉又像在唱一首歌儿,高亢入云,低沉动地,多少心曲,余音绕梁。我的感觉又像是在表演体操,跳跃翻腾,伸展弯曲,追求姿态也追求健美,追求尽兴也追求精当。"①透过这些叙述文字的背后,我们可以真切地感受到写作者内在情怀与文本中抒情主旋律的交汇。学者宋明炜对《青春万岁》的意识形态内涵有着十分精辟的解读和阐释。在他看来,王蒙笔下的这些朝气蓬勃的青年人以及作品中所洋溢的青春气息都承载着或寓含着丰富的象征性意味。"在王蒙眼里,这些生长在新社会的青年想当然

----

① 王蒙:《王蒙文存　第1卷　青春万岁》,北京:人民文学出版社,2003年,第145—146页。

都是'新人'。《青春之歌》读来像是对驯化青年的细密考察，《青春万岁》却展示出一个由青年主宰的'美丽新世界'。置身于建设新中国的大时代，王蒙小说对'新'青年的生活经验做出大胆的描述，从中揭示出青年人（当然是那些政治进步的青年）内心中活泼泼的躁动能量。他们将自己的'政治纯洁性'视为理所当然，手握革命的令箭，对他们而言，'青春万岁'不仅是一个隐喻，而且确实体现在他们自己青春的生命中。作为一个口号，'青春万岁'回应着毛泽东对青年是八九点钟的太阳的赞美。……毛泽东时代青春话语的转变产生于新中国成立之后现代性想象中的一个范式转换。相较于'青年'的个人主义和成长意义，'青春'是本体论的、集体的，以及启示性的。'青年'聚焦于现代个体在成长中的痛苦和内在焦虑；与之相对，'青春'是一种非个人的意象，将青年超拔出个体的局限，并提升进永远洋溢着生机的崇高域界。随着'青春'被神化并移据青春意象的核心，中国早期的青春话语造就了一种'青年崇拜'，它将青年定义为塑造未来的先锋力量，人们借此希望国家永葆青春活力。"①在这里，论者深刻地揭示出《青春万岁》中那种充满自信的青春气息与毛泽东社会革命理念的内在联系；当然，也正是由于这种联系，《青春万岁》中的青春写作才成为当代文学发展史上一去不返的绝唱。"王蒙曾说《青春万岁》记录的他们这一代人的青春体验是不可再现的，这一说法确实富有

---

① 宋明炜：《规训与狂欢的叙事——论〈青春万岁〉》，《东吴学术》2011 年第 3 期。

预见。因为那样一种自信的乐观精神，只能托庇于新中国成立之初短暂的繁荣氛围，那时中国的青年人对新政权充满信任，而后来侵蚀这种信任的一系列'教育'和'再教育'尚未展开。五十年代早期，王蒙这一代年轻人的情绪和心理背后，是整个社会自觉或不自觉参与制造的共产主义梦境。"①

　　1956年9月号的《人民文学》上发表了王蒙的短篇小说《组织部新来的青年人》，这部作品在中国当代文学发展史上的意义以及对于王蒙个人人生的意味已不必多言，这里重点还是从青春写作的视角出发，来谈一下这篇小说所呈现出来的思想启迪与青春隐喻。谈及《组织部新来的青年人》，王蒙曾指出："它也是青春小说，与《青春万岁》一脉相承。青春洋溢着欢唱和自信，也充斥着糊涂与苦恼。青春总是自以为是，有时候还咄咄逼人。青春投身政治，青春也燃烧情感。青春有斗争的勇气，青春也满是自卑和无奈。青春必然成长，成长又会面临失去青春的惆怅。文学是对青春的牵挂，对生活与记忆，对生命与往事的挽留，是对于成长的推延，至少是虚拟中的错后。是对于老化的拒绝，至少是对于生命历程的且战且进，至少要唱着青春万岁长大变老，当然也变得炉火纯青。"②

　　的确，《组织部新来的青年人》正可以看作《青春万岁》的延伸，不论是从作品所表现的时代生活内容来说，还是从王蒙自身

---

① 宋明炜：《规训与狂欢的叙事——论〈青春万岁〉》，《东吴学术》2011年第3期。
② 王蒙：《王蒙自传 第一部 半生多事》，广州：花城出版社，2006年，第142页。

的人生发展轨迹来看，两部作品都有着一种承前启后、一脉相承的关联性，同时也都是与初生的共和国在精神气质上完全一致的时代青春激情的抒发。在后来的诸多当代文学史著作的论述中，《组织部新来的青年人》更多被置于"百花文学"这一命题下而被阐释，小说被认为是在"双百方针"的激励下而创作的一部敢于大胆揭示党的工作中官僚主义作风、触及人民内部矛盾、暴露社会主义生活中阴暗面的作品。这一表述，更多是把作品与发表后不久的反右斗争及其导致的后果相联系。也就是说，作品的批判性正是因为作品的被批判而被突出和强化。

从创作初衷来看，小说《组织部新来的青年人》表现的是二十二岁的王蒙，带着青年人处于热恋中的情怀，带着一名少年布尔什维克的理想主义，唱出了对自己的赞歌，对生活的期待，正如王蒙自己所言："我的《组织部新来的年轻人》！它是我的另一套应该叫作心语的符码。它是我的情书，给所有我爱的与爱我的人。它是我的留言。有一天，没有我了，留言还在，这么一想已经使我热泪如注。它是我哼唱的一首歌曲。它是我微醺中的一次告白。它是我点燃灯火时，看到绿草发芽或者山桃开花时许下的愿。它是我献给生活的一朵小花。是我对自己，对青春，对不如意事常常有（我没有说不如意事常八九）的人生的一些安慰。它又是对于伟大的时代、伟大的新中国、伟大的机遇与伟大的世界，对于大地和江河山岭，对于日月和星辰，对于万物与生命的一种感恩，当然不无自得，不无飘飘然。它是我的问号、惊叹号和逗点。一个自以为是天之骄子的年轻人,一个被历史所娇宠的天选人才、少年意气的共产党员,才会有这样的倾吐,这样的诗篇,这样的袒露心扉,这样的心灵絮语,或者硬起头皮说出来吧:这样的文学撒娇。"①这样的表白与自述,王蒙分明在其中明确地倾诉出了自己写作《组织部新来的青年人》的真正心理动机,或者说表达出了自己倾注于作品中的最强烈的情怀,这绝不是对暴露阴暗面的选择,而是一个充满优越感的青年共产党员的宣言与道白。"如果不是用反对什么克服什么的标尺(尽管在作品的一些层面包含着反对什么不反对什么的含意),而是用阅读的角度,沉吟与遐想的角度,参考、自慰与益智、怡情的角度,从心灵的共鸣与安放的角度,从审美和形象思维的角度来看呢? 什么都克服不了的小说却在'克服'(谁让王蒙这样习惯于用这个特定年代的词儿呢?)着衰颓(这个词我在《青春万岁》里就事出有因地使用了,即老化)、克服着无动于衷与得过且过,克服着遗忘与淡漠,克服着乏味与创造力的缺失,一句话,小说想留下青春。"②无须多言,小说《组织部新来的青年人》的写作主旨指向以及主人公林震的慷慨激昂都与青春追寻及颂扬紧密相连。关于《组织部新来的青年人》的主题内涵,学者孙先科有着十分独到而精彩的论述,他运用精神现象学的理论,分析了小说的文本内涵所在:"我认为,王蒙的《组织部来了个年轻人》真正的价值与意义在于它提出了一个特殊的主

---

① 王蒙:《王蒙自传 第一部 半生多事》,广州:花城出版社,2006年,第142页。
② 王蒙:《王蒙自传 第一部 半生多事》,广州:花城出版社,2006年,第143页。

体——被青春激情与革命精神激励着的'年轻人'，在经历新／旧社会体制重大转型的过程中，其精神如何'成长'的现象学问题。这一问题的特殊性与复杂性在于：革命年代培养、积淀的神圣激情与机械化、形式化的生活发生碰撞；浪漫的青春幻想与世俗的日常生活抵触摩擦，而所谓'成长'，却不能不是某种程度的'反成长''反神圣'与'反纯粹'——向生活的世俗化、机械化低头与退让，'成长'因此变得沉重而艰难。"同时他在文中分析了作为一部成长小说，作品《组织部新来的青年人》的叙事逻辑与叙述线索："我们就不难发现《组织部来了个年轻人》遵循的是这样一条'内在性'的叙述线索与叙述逻辑：不满意现在的生活（生存）状态而出走／在'真正的生活'里接受锻炼（考验）／变得成熟（成长）。这一叙述逻辑所宗所本的是人的'成长'逻辑，是由青春走向成年的人本逻辑。结合上文所述小说在叙述视角选择上'内倾、主观、心理化'这一重要策略，《组织部来了个年轻人》在主型上应该被理解为一部'成长小说'。"①

刻画农村新人形象，展现新人风貌，叙述乡村社会新人的成长，成为新中国成立后农村题材文学作品着力表现的一个内容，这在二十世纪五十至七十年代的乡村文学叙事中有着十分突出的体现。

传统的中国社会是一个乡土社会，中国新文学自发生以来，

---

① 孙先科：《王蒙〈组织部来了个年轻人〉的精神现象学阐释》，《中国现代文学研究丛刊》2004 年第 3 期。

很多作家都将目光投向了乡村社会,从而使乡土文学成为中国现代文学发展进程中最为重要的一股文学力量。从纵向来看,二十世纪二三十年代的乡土叙事多以国民性的批判与改造立意,鲁迅的《阿Q正传》《故乡》《祝福》等作品具有重要的开创及示范作用,继之而涌现的乡土小说潮流,将这种启蒙视角下对乡土中国社会进行审视和批判的写作推向了高峰,而三十年代萧红以其《生死场》为代表的作品则是这一写作传统的继承和深化。二三十年代的乡土文学体现出强烈的精英知识分子的思想文化批判意识,对现代新文化的构想以及对现代民族国家的想象,使得二三十年代的精英知识分子将乡村社会看作沉积种种传统思想文化痼疾的所在。正因如此,对乡村陋习的描写,对底层农民精神蒙昧状态以及国民劣根性的批判,便成为这一视角下作家着力开掘的所在,而这也成为乡土中国社会现代转型过程中体现其文化自觉的一个十分重要的层面。

中国现代的乡村叙事由对农民劣根性的批判转向对农村新人新质的发现与歌颂,这种转变出现在二十世纪四十年代的解放区文学中,以赵树理的《小二黑结婚》、李季的《王贵与李香香》、阮章竞的《漳河水》等为代表的作品,正是这种新的乡村文学写作的重要体现。农村新人的打造与展现,其前提是乡村社会政权政治结构的深刻变化,正是这种变化,使得对新人的诉求以及对新人形象的塑造包含着鲜明的意识形态内涵,它成为四十年代解放区对新政权下国民新貌的最初描绘。

　　新中国成立后的乡村文学叙事与四十年代解放区的乡村文学一脉相承,对农村社会新貌的发掘,对农村社会主义改造的展现,对农村中新人形象的打造,对新政治新制度下农村新政的实施,这些都成为进入当代以后农村题材作品着力表现的内容。其中,从"土改"到合作化运动,再到人民公社,成为当代乡村题材文学作品中的一条重要的叙事脉络,这在新中国成立后五十到七十年代的乡村文学写作中有着突出的表现,诞生了诸如赵树理的《三里湾》、周立波的《山乡巨变》、柳青的《创业史》、李准的《李双双小传》、浩然的《艳阳天》等影响甚大的作品,而这些作品也一同打造了中国当代乡村文学全新的叙述形态,成为新中国成立后在文学写作层面传递和表现现代民族国家想象、构造社会主义发展蓝图的重要文本。

　　在当代诸多的农村题材作品中,柳青的《创业史》有着十分突出的地位,这部作品不论是艺术水平还是叙事规模以及对当代农村现实生活的表现力都体现出较高的水准,是二十世纪五六十年代农村题材小说中真正有着史诗气韵的长篇小说。柳青(1916—1978),陕西吴堡人。1936年在西安主编《学生呼声》,任《西北文化日报》副刊编辑;1938年赴延安,任随军记者、文化教员、米脂县基层乡政府文书;1949年后任《中国青年报》编委、文艺部主任,西安市作家协会副主席;1952年赴长安县乡村插队务农,后任长安县县委书记。1936年开始发表作品。著有长篇小说《创业史》《铜墙铁壁》,短篇小说《地雷》《待车》,散文集《皇甫村的三年》等。

　　长篇小说《创业史》是柳青的代表作。这部作品最早于1959年在《延河》杂志上连载，每期两章，1960年3月由中国青年出版社出版。小说以渭河平原下堡乡蛤蟆滩农业合作化运动为叙事焦点，指出了在当时农村两极分化严重的情况下，开展互助合作运动的重要性，从而揭示了农民走社会主义道路的现实可能性和历史必然性。小说的主人公梁生宝是作者精心塑造的社会主义新人形象，他是作品中带领村人坚定地走合作化道路的领头人。作为社会主义农村的新人形象，梁生宝从出身背景、成长经历到性情性格、思想境界都有着典范的意义。梁生宝出身于一个穷苦的农民家庭，幼时父母双亡，被穷苦农民梁三收养，十三岁起给地主家当过长工。新中国成立前夕，为了躲避国民党军队抓壮丁，梁生宝被迫进了终南山，成了不敢见天日的"黑人"。新中国成立后，梁生宝一家及蛤蟆滩发生了天翻地覆的变化。积极上进的梁生宝入了党，同时还当上了民兵队长。面对农村中新出现的贫富分化现象，梁生宝坚定地带领村里的贫雇农走互助合作的道路，与郭振山、姚士杰、郭世富等走个人发家道路的人形成了鲜明的对照。为了推行一年稻麦两熟的丰产计划，梁生宝顶着春雨到县城里为互助组买稻种的情节曾入选中学语文课本，选它的目的便在于颂扬梁生宝公而忘私的奉献精神和集体主义观念。梁生宝心系合作化事业，甚至因此牺牲了自己的爱情婚姻。在他的带领下，互助组获得了大丰收，成立了全区第一个农业社——灯塔社，梁生宝的创业获得了成功。梁生宝一方面从父辈那里继承了劳动者勤劳、朴实、坚忍不拔的优秀品质；另一方面，在党的教育下，具有了超越父辈的思想境界。他勇敢地担负起带领庄稼人走互助合作道路的重担，成为一个积极、聪明、公道、能干的新社会农村的领袖人物。梁生宝谦逊、淳朴、老实、厚道、善于思考，他听党的话，热爱社会主义，富有牺牲精神。他把自己的一切都献给党的事业，他认为"照党的指示，给群众办事，受苦就是享乐"，在工作作风上，他一方面勇于进取、坚忍不拔，另一方面严于律己、求真务实。梁生宝这一形象，承载着作者对新中国农村新人的政治理想，也成为那个时代创作出的文学作品中具有表率意义的文学典型形象。

学者李杨将《创业史》置于一个有关现代民族国家的想象与诉求的层面上来加以解读："就如同《青春之歌》中林道静代表的知识分子通过革自己的命最终获得国家的本质，《创业史》的意义也在于通过农民自我革命过程的描写最终获得了国家共同本质。"①正是在作品意识形态功能及内涵定位的基础上，李杨认为梁生宝这一新的农民形象成为这种"国家本质"的象征，是社会主义具象化的体现，因此他说："确立'社会主义'的过程与确认'资本主义'的过程是同时展开的。《创业史》的创作构思，用柳青的话来讲既是反映'中国农村社会主义改造的过程'，首先就意味着柳青认同了一个前提的合法性，即'中国农村的社会主义改造'，意

---

① 李杨：《抗争宿命之路——"社会主义现实主义"（1942—1976）研究》，长春：时代文艺出版社，1993年，第117页。

味着他承认'社会主义'是现代中国的真正本质。因此,这一本质的生成过程,就必然通过一个始终与'他性'——'资本主义性'斗争的新人形象来得以实现。梁生宝正是这种国家本质的象征……梁生宝占有如此重要的地位,是与他作为'国家本质'的象征意义有关的。在中国农民形象历史画廊中,这的确是一个全新的人物。与所有农民英雄不同,梁生宝似乎一开始就具有了对'社会主义'这一抽象国家本质的自觉意识,这一意识使他的所有行为都与一般农民不同——事实上,是与'旧'农民不同,他是一个具有了'农民性'的新'农民'。"[1]

　　长篇小说《艳阳天》是我国著名作家浩然的代表作之一,一百二十六万字的三卷本情节丰富曲折,结构完整紧凑,人物形象生动,乡土气息浓郁,有很强的艺术特色,被洪子诚称为"十七年文学的幕终之曲"[2],也被称作"合作化小说真正的压轴之作"[3]。浩然(1932—2008),河北唐山人。从1956年11月在《北京文艺》上发表处女作短篇小说《喜鹊登枝》起,先后创作出短篇小说集《喜鹊登枝》,长篇小说《艳阳天》《金光大道》《苍生》《乐土》《圆梦》等作品。1964年9月,1966年3月、5月,《艳阳天》第一卷、第二卷和第三卷先后出版,在全国文学界和农村引起强烈反响。1973年被

① 李杨:《抗争宿命之路——"社会主义现实主义"(1942—1976)研究》,长春:时代文艺出版社,1993年,第124—125页。
② 洪子诚:《中国当代文学史》,北京:北京大学出版社,1999年,第202页。
③ 杜国景:《合作化小说中的乡村故事与国家历史》,北京:中国社会科学出版社,2011年,第348页。

改编成同名电影。《艳阳天》是最能显示浩然五六十年代创作风格
和艺术成就的代表作。它通过京郊东山坞农业生产合作社麦收
前后发生的一系列矛盾冲突，勾勒出农业合作化时期蓬蓬勃勃的
生活画卷，精细地刻画了农村各阶层人物的精神面貌和思想性
格，热情地歌颂了在大风大浪中成长起来的新生力量。小说从
1956年秋写起，东山坞农业合作社遭受了一场严重的自然灾害。
民兵排长萧长春带领广大群众以生产自救战胜灾荒。可是，当时
的党支部书记兼社主任马之悦却放弃农业生产，利用国家贷款跑
买卖。萧长春带领群众与马之悦做了坚决的斗争，通过整党整
社，马之悦被降了职，萧长春当了支部书记兼社主任。在萧长春
的领导下，互助组在建立高级社的第一年，就获得了小麦的大丰
收。1957年整风运动开始，马之悦借党的整风运动鸣放之机，煽
动生产队队长马小辫等人攻击合作化运动，最终村民们在共产党
员萧长春的带领下，坚持走社会主义道路，经过艰苦奋斗，通过生
产自救，战胜了灾荒。同时，他们还依靠党的领导，识破并揭露了
阶级敌人利用整风运动进行的种种阴谋，最后取得了阶级斗争的
胜利。学者杜国景对《艳阳天》有着独到的评价，他认为："《艳阳
天》与绝大多数合作化长篇不同，它从不落入任何既有模式的窠
臼。这里的矛盾不像赵树理的《三里湾》那样，来自'扩社''入
社'，即互助组如何扩展为农业社（初级社），土地如何入股，牲畜
如何作价，水渠如何贯通，并以这一连串事件来解剖灵魂、刻画性
格。它也不像刘澍德的《桥》或周立波的《山乡巨变》，以初级社向

高级社的过渡,要取消土地分红,将牲畜、树木、农具等一切生产资料归为集体,来展开私有制与私有观念所遭逢的又一轮冲击波。它甚至没有《创业史》那样的雄心,以一个'题叙'开局,从互助组、初级社开始,宏阔地把'中国农村为什么会发生社会主义革命和这次革命是怎样进行的'这种极其政治化的主题,一下子提到相当尖锐的程度。《艳阳天》的构思,只是围绕丰收在即,打下的粮食如何分配来展开,中心情节是'土地分红''闹粮',并不正面涉及'道路选择',即并不直接展开小农经济是否该放弃,是否该走社会主义集体化道路,互助组是否该向初级社,或初级社是否该向高级社过渡的尖锐矛盾。《艳阳天》的时间跨度很小,只有短短的十几天,完全不是长篇小说通常所采用的那种纵向的时间美学设置。然而,它却成功地实现了其他合作化小说所没有的那种激越的阶级斗争叙事,在一个似乎远不如'走什么道路'那样容易产生对抗,容易产生张力的场景中,《艳阳天》却成功地划定了'阵线',成功地建构起森严的阶级壁垒,甚至比'走什么道路'更紧张、更激烈、更剑拔弩张。"[①]的确,总的来看,《艳阳天》堪称那个时代描写农村生活最为优秀的长篇小说。作家在这部作品里通过农村中两种力量的对抗,写出了在农村社会主义改造运动中阶级冲突的严重性,也写出了合作化运动发展过程中所遭遇的阻力与破坏。所以在这部作品中,作者重点呈现的不是主人公萧长春的

[①] 杜国景:《合作化小说中的乡村故事与国家历史》,北京:中国社会科学出版社,2011年,第351—352页。

成长，而是整个新政权下农村社会的成长，写出了在合作化运动过程中，乡村农民心理的成长及其对社会主义新制度的认识过程。可以说，这是一部讲述社会主义农村社会成长的作品。

《李双双小传》是作家李准的成名作。该小说最初发表在《人民文学》1960年第3期上，1961年作家出版社出版了《李双双小传》的初版本。小说以六十年代中国农村农民生活为背景，通过凡人小事，如夫妇感情纠葛、评工分、相亲等农村常见的事情，展示了新中国成立后的农村新气象。1962年，小说由上海电影制片厂拍摄为同名电影，由李准编剧，鲁韧导演，仲星火和张瑞芳主演。影片上映后深受观众的喜爱，产生了广泛的影响。李双双作为一个社会主义新人形象，具有强烈的理想化色彩，是那个时代理想主义精神的形象体现。李双双形象塑造的意义在于写出了社会主义农村妇女形象的新貌。李双双体现了农村妇女在新的社会主义制度下的精神成长。在她身上，传统的被"三纲五常"等封建礼教思想束缚和压抑着的旧式女性的命运不复存在，乡村社会的社会主义改造使得女性解放这一诉求真正有了切实的生活依据和制度保障。在作品中我们看到，李双双的丈夫孙喜旺是一个自私、保守、有大男子思想的农民形象，在他身上也有着胆小、老实、憨厚的性格特点。而李双双则大胆、泼辣、敢作敢当，同时又有着极高的参与公社生产的热情。李双双身上所体现出来的不仅是妇女在新社会也能顶半边天的道理，还有在社会主义新的生产劳动模式下，妇女命运及地位彻底改变的趋势。女性不再只以生儿育女、相夫教子为职能,新中国成立后她们有了很多参与社会集体事务并介入其中的权利和可能。这就使得作品超越了家庭剧式的夫妻冲突的内涵,写出了随着农村社会主义改造的深入发展,千百年来处于底层的乡村妇女命运的改变及其精神的成长,而李双双无疑是体现这种成长的一个最为生动的形象代表。

二、当代文学中的英雄形象与英雄情怀

新中国成立后的五十至七十年代是红色文学的高发期,一大批英雄形象从一部部的作品中诞生;与此同时,一些英雄的事迹及英雄形象又经文艺作品的重塑与再造广泛传播,深入人心。红色文学以对英雄形象的打造为主旨,以叙述和描绘"如何成长为英雄"为叙事组织的轴心,从而将英雄的成长作为一种思想启蒙资源与革命伦理资源传播给广大民众。正因如此,我们可以看到,红色文学注意讲述英雄成长的过程,这成为众多红色文艺作品叙事的轴心,从《白毛女》《青春之歌》到《董存瑞》《红旗谱》,再到《欧阳海之歌》《红色娘子军》,可以说关于英雄成长的叙事贯穿了整个红色文学创作的过程。红色文学中的英雄成长叙述不仅仅是叙述一个个体在时间上的成长过程,它注重突出展现的是个体在"成为英雄"的过程中其精神上、人格上的成长,从而使这一成长过程具有某种深刻的象征与召唤意义。

董存瑞、黄继光、邱少云是二十世纪五六十年代被广为传颂的英雄形象,他们作为对敌斗争中英勇献身的精神楷模,激励了

几代人的成长。其中，董存瑞这一英雄形象及其事迹更是经由银幕的重塑与再现而深入人心，成为那个年代最为深刻的集体记忆之一。影片《董存瑞》由长春电影制片厂于1955年拍摄完成，由郭维执导，而张良所塑造的董存瑞这一形象，成为新中国成立后五六十年代红色影片中最为经典的电影形象之一。董存瑞是河北省怀来县人，1929年10月生于河北省（原察哈尔省）张家口市怀来县存瑞镇南山堡村，小时候读过几天书，后因家贫而辍学。1945年8月参加八路军，1947年加入中国共产党，先后荣立大功三次、小功四次，荣获"勇敢奖章"三枚、"毛主席奖章"一枚。1948年5月25日，在解放隆化县的战斗中，因部队受阻于敌军的桥型暗堡，董存瑞毅然抱起炸药包冲至桥下。因身边无处安放炸药包，危急时刻，董存瑞手托炸药包，英勇牺牲。为纪念董存瑞的英雄业绩，1951年董存瑞的家乡怀来县南山堡建起董存瑞烈士祠堂，隆化县也于1956年建起董存瑞纪念碑，上有朱德题写的"舍身为国，永垂不朽"八个大字。1967年怀来县委对董存瑞烈士纪念馆进行重建，于1968年建成。2006年怀来县又对董存瑞烈士纪念馆进行了扩建。

影片《董存瑞》中的故事是从抗日战争后期讲起，那时战争已近尾声，解放区的青年都争相参加八路军。"个子没有枪杆高"的青年民兵董存瑞为了能参军，找连长软磨硬泡，却因不到参军年龄而未被允许参军，因此懊丧不已。参军不成的董存瑞甚至通过与新兵战士比试摔跤来发泄自己内心的不满。在这一故事段落中,影片主要突出展示了年少的董存瑞投身革命事业的迫切心情,展现了他倔强、年轻气盛、不服输的性格特点。成为一名战士,成为董存瑞此时所有行动的目标所在。不久,在一次反"扫荡"中,区党委书记王平牺牲,临终前他把最后一次党费托董存瑞转交给组织。董存瑞和伙伴郅顺义再次向赵连长提出参军请求,终于如愿以偿。初到军队,董存瑞因发现部队下发的子弹数量很少而愤愤不平,在参加的第一次战斗中,他很快就打光了所带的子弹,却没有消灭一个敌人,董存瑞因不知爱惜子弹,受到部队同志的批评帮助。抗战胜利后不久,又爆发了内战,经受过战火考验的董存瑞,已成为真正的革命战士,并加入了中国共产党。在这一部分的故事情节中,影片主要展示了董存瑞如何在思想上、行动上成为一名合格以至优秀的革命战士的过程。至此,董存瑞已完成了成为一名真正的英雄所必要的历练,而他需要的是一次让这一切升华的英雄壮举。影片最后一个故事段落讲述的是,1948年5月,在解放隆化的战役中,董存瑞被任命为爆破队长,为了配合总攻,他们接连炸毁敌人的碉堡群。这时,总攻冲锋号已经吹响,突然他们发现迎面的桥身是座经过伪装的暗堡,从里面扫射出来的子弹阻挡了解放军的前进道路。为了减少战友伤亡,在找不到炸药支撑点的情况下,董存瑞在桥下高举炸药包,呼喊着"为了新中国,前进!"而以身殉国。整部影片注重通过展示日常生活反映人物性格,描写了英雄人物成长过程中精神世界的苦恼、激动和喜悦,成功地实现了人物的思想升华,从而生动地再现了董存瑞从普通农村青年到革命英雄的成长过程。

纵观影片的情节设置可以发现，影片《董存瑞》在重塑董存瑞这一形象时，将重心放在了对董存瑞如何成长为一名英雄的讲述上，生动而形象地向人们展示了"英雄是如何长成的"这一宏大命题，使得董存瑞这一形象的示范与教育意义不仅仅存在于舍身炸碉堡这一壮举上，而是暗含在他成长为英雄的整个过程之中。基于此，影片的剧情紧紧围绕着董存瑞的英雄成长而展开，在最初出场的董存瑞与成为英雄的董存瑞之间设置了较大的思想与心理距离，而整部影片所展现的正是董存瑞对这距离在心理、思想以至灵魂与精神深处的克服与战胜。可以说，董存瑞从一出场，便不缺乏流血献身的勇气，但影片最终要传递给人们的是这样一种观念，仅凭血性和勇气去对敌斗争是远远不够的，作为一名无产阶级革命战士，作为一名共产党员，成为真正的英雄，是将个体的生命以及追求的事业与人民解放的伟大革命事业紧密联系在一起。摆脱逞能式的个人英雄主义，无私无畏为革命而献身的精神与行动，才是真正的英雄品质，董存瑞的成长过程便是对这一英雄内涵最生动的诠释。影片紧紧围绕"参军""王平牺牲""子弹问题""救火""请战"等一系列故事情节，生动地展现了董存瑞的性格特点以及他在党组织和同志们的帮助下不断成长的过程。影片没有回避英雄成长过程中的性格弱点与思想缺陷，反而正是通过刻画主人公对这些不足和缺陷的认识和克服的过程，展示出英雄人物鲜明的性格和英雄品质。

　　由金敬迈创作的长篇小说《欧阳海之歌》同样是一部以展示"如何成长为英雄"的重要作品。小说于 1965 年 12 月出版,这部作品讲述的是在和平环境下,一个青年军人如何成长为一名英雄。欧阳海故事的被叙述以及欧阳海成长为英雄的过程的被描述,最重要的意义便在于揭示出一个人如何在和平年代通过不断的自我历练从而成长为英雄。红色文学中所塑造的英雄形象大多是在战争年代成长起来的,炮火硝烟中的对敌斗争给个体成为英雄创造了条件,因为时时面临的生死考验,是对成长中的英雄最好的锻炼。那么,当新中国成立后,战争已成为往昔,和平的岁月中是不是就无法诞生英雄? 或者说,在和平的年代里我们怎样才能成为一名英雄?《欧阳海之歌》正是对这一系列问题最为生动的解答。小说《欧阳海之歌》也正是围绕这些问题展开叙事的,同时紧扣这些问题描述着欧阳海的成长过程。所以,欧阳海的形象具有极大的现实召唤意义,他向人们展示了和平年代里"成为英雄"的路径与方法。这便是以毛泽东思想来武装自己,每时每刻自觉地以英雄品格来要求自己,不断地进行自我批评、自我净化与自我改造,剔除每一闪念的个人主义思想,真正做到随时以英雄的方式牺牲自己一切的准备。欧阳海形象的塑造就在于启迪人们,每个个体在和平的日常生活中都可以成为英雄,虽然不是每个人都有完成英雄壮举的机会,但只要或者说只有时时在内心深处以"成为英雄"为准则和信仰,那么这就是一种英雄品质与人格的体现。正如孟繁华在论及《欧阳海之歌》的意义修辞时所言:"那是一个需要英雄的时代:社会主义建设正在如火如荼地展开。它的伟大的承诺让所有的人都对未来充满了想象,它将给人们带来什么样的幸福已不重要,重要的是作为一种乌托邦的询唤,它所产生的无法抗拒的感召与向往,那个模糊的所指虽然是个不名之物,却像圣火一样催促人们将渴望付诸献身。另一方面,战争文化的英雄主义已经实现了它弥漫四方的传播,特别是青年一代,内心早已积淤了英雄情怀和情结,许多人痛感自己没有生在战火纷飞的年代,没有机会让悲壮的死亡在瞬间照亮世界。然而,欧阳海做到了,他使许多人在和平环境中找到了献身方式,并在欧阳海的镜像中体验着英雄的壮烈与壮美。因此,《欧阳海之歌》以最经典的方式,满足了它讲述话语时代的社会期待,并创造性地丰富了需要激情的历史语境。"①

欧阳海(1940—1963),湖南桂阳人,1958年加入中国人民解放军,曾三次荣立三等功。1960年5月加入中国共产党。1963年11月18日,部队野营拉练经过衡阳途中,在进入一个峡谷后,一辆载着五百多名旅客的282次列车突然迎面疾驶而来,列车的鸣笛声,使驮着炮架的一匹军马骤然受惊,窜上了铁道,横卧在双轨上,眼看一场车翻人亡的事故就要发生。就在火车与惊马即将相撞的危急四秒钟,欧阳海毫不犹豫地冲上去,用尽全力把惊马推离了铁轨,列车和旅客转危为安,他却被火车卷倒在铁轨边的碎

---

① 孟繁华:《〈欧阳海之歌〉的修辞》,《创作评谭》1998年第2期。

石上,身受重伤,经抢救无效,为保护国家财产和人民的生命安全
献出了年轻的生命,时年二十三岁。1964年1月22日,国防部命
名欧阳海生前所在班为"欧阳海班"。小说《欧阳海之歌》为现实
中的人们提供了这样一个范本,那就是在平凡的和平年代,一个
普通人如何通过自我的精神历练成长为一名英雄。成为英雄,或
者说成长为一名英雄,成为小说叙述欧阳海人生成长历程的全部
重心。就叙事而言,打造社会主义新人在欧阳海的身上已获得全
面的实现。正如出版社在小说的"内容说明"中所谈到的:"小说
描写了欧阳海在短短二十三年里所走过的道路。他从渴望成为
英雄而不是英雄,到已经成为英雄而不自觉为英雄。这是党的抚
育和教导的结果,是革命战士活学活用毛主席著作的结果。欧阳
海在处理个人和集体的关系上、在对待荣誉的态度上、在自我改
造的思想斗争中、在帮助同志方面、在各种困难面前,一步一个脚
印地成长着,终于百炼成钢,成长为一个伟大的共产主义战士。"①
小说结尾处有关欧阳海迎着飞驰而来的列车扑向受惊的战马的
描写,为我们真切地还原出革命历史叙事对新人塑形的召示性意
义:"在这短短的一瞬间,欧阳海可能看见了些什么?迎着扑将过
来的列车,也许他看见了一条英雄的大路:瞧! 董存瑞在大路上
走着,他左手托起炸药包,右手拉响了导火索,坚定地站在'桥型
碉堡'下边。看! 黄继光在大路上走着,他飞快地扑向敌人的机

---

① 金敬迈:《欧阳海之歌》,北京:人民文学出版社,1966年,第1页。

枪火力点，回过头来，眼睛望着冲锋的战友和胜利的红旗。看！张思德在大路上走着，他正挑着一担刚刚出窑的木炭，从安塞的山里边笑呵呵地走下山来。江姐也在大路上走着，她还穿着那件红色的绒线衣，步伐是那样坚定有力、泰然自若……无数的人民英雄在欧阳海眼前出现了。有的为新中国举起了炸药包，有的为中朝人民用胸膛堵住枪口，有的为了人民的解放事业，勤勤恳恳为人民服务到最后一息，有的为了实现人类崇高的理想，含着笑容走上刑场……大路上的英雄们用生命抚育着欧阳海。面对飞奔而来的火车，欧阳海还有什么可选择的哩！"①欧阳海这一形象的塑造有着十分强烈的现实意义。

《红色娘子军》中的吴琼花是又一个"成长为英雄"的文学典型。这一形象的意义在于向人们展示了一个旧社会底层的劳动妇女如何在党的引领下不仅翻身得解放，而且成为一名英勇无畏的无产阶级革命战士。《红色娘子军》最早是上海电影制片厂摄制的一部故事片，于1960年由著名导演谢晋制作完成。后来又在此基础上改编为样板戏，即芭蕾舞剧《红色娘子军》。影片于1962年获第一届"百花奖"最佳故事片奖、最佳导演奖、最佳女演员奖、最佳男配角奖等。该作品的主要剧情为：1930年，海南岛五指山区，在中国共产党领导下，一支由劳动妇女组织起来的革命武装队伍——红色娘子军成立了。吴琼花是椰林寨大地主南霸天家的

---

① 金敬迈：《欧阳海之歌》，北京：人民文学出版社，1966年，第439页。

女奴,祖辈受南霸天的压迫,她怀着世代的冤仇,一次次反抗、逃跑,一次次被抓回来,被打得遍体鳞伤,关入水牢。后来,化装成华侨富商的红军干部洪常青将她救出,吴琼花在他们的帮助下,决心走上革命道路。在一次执行到南霸天府上侦察的任务时,吴琼花路遇南霸天,心头怒火难以抑制,开枪打伤了南霸天,但由于违反了纪律,她受到处分,娘子军的领导对她进行了严肃的批评教育。后来,红军决定解放椰林寨,洪常青又一次利用"侨商"身份,再入南府并带了吴琼花。黑暗中吴琼花摸进了南霸天的卧室,她瞄准了南霸天,真想一枪把他打死;但是,她想到了纪律,想到洪常青书记的批评和教诲,应将南霸天交给人民去审判,这次她没有开枪,一直坚持到娘子军总攻开始。娘子军解放了椰林寨,斗争了南霸天,人民欢欣鼓舞。不料,南霸天在夜间乘隙逃跑,吴琼花在追捕时中了敌人的暗算,受了重伤。吴琼花伤愈后再次要求冒险去抓南霸天,洪常青启发她要克服狭隘的复仇观念,树立消灭封建剥削制度、解放全中国的崇高理想。国民党反动派出动大批军队,向海南的革命根据地大举进攻,红军和娘子军撤离椰林寨,南霸天又回到椰林寨。在这严峻时刻,吴琼花加入了中国共产党。洪常青率领娘子军在分界岭执行阻击任务时,为掩护娘子军撤退身负重伤,并被捕。洪常青在敌人面前,表现出崇高的英雄气概,最后英勇就义。吴琼花毅然担负起烈士遗留下的斗争重担,继任娘子军党代表。她率领娘子军与主力部队会合,重新解放了椰林寨。罪大恶极的南霸天终于得到应有的下场,吴琼花亲自宣布对沾满人民鲜血的大恶霸南霸天执行枪决。红色娘子军在吴琼花的带领下，高唱胜利战歌，迈向革命斗争的新征程。

可以说，《红色娘子军》的意义是多方面的：一方面，它是一个典型的讲述党领导革命取得胜利的故事文本；另一方面，它又是一个呈现在革命洪流里遭受压迫的旧社会底层妇女翻身得解放的故事；同时，它更是一个以主人公吴琼花的身世和经历为线索，展示在党的启蒙引导下，在革命斗争的锻炼下，一个有着阶级仇恨意识的劳动妇女如何成长为一名英雄、一个合格的无产阶级革命战士的故事。所以我们可以看到，《红色娘子军》的整个叙事组织都是围绕着吴琼花的革命成长而展开的，从开篇处吴琼花作为南霸天家的女奴写起，她受尽欺压，暗无天日。红军干部洪常青的出现，是吴琼花命运的转折点，不仅帮助她逃出了虎口，而且让她加入了革命队伍，成为红色娘子军的一员，完成了从底层妇女到革命战士的身份转变。作品此后围绕着吴琼花如何向恶霸南霸天报仇的一波三折的故事展开描写，并不是追求情节的曲折性，而是要写出吴琼花在完成身份转变后如何在思想上一点点地经过历练，从而真正成为一名合格的革命战士的过程。最终，吴琼花正是在洪常青的启发与帮助下，走出了个人复仇的狭小天地，将个人的革命诉求与推翻剥削人的旧制度的解放事业联系起来，完成了身份转变之后的又一次思想境界的升华。到这时，吴琼花的"革命成长"才得以最终完成。

长篇小说《红旗谱》中的主人公朱老忠是二十世纪五六十年

代红色文艺作品中所塑造的又一个成长为英雄的典型。小说《红旗谱》以大革命失败前后十年为历史背景，聚焦于冀中平原朱老忠、严志和两家农民三代人和地主冯兰池一家两代人的尖锐矛盾斗争，以"反割头税"和"二师学潮"为中心事件，生动地展示了当时农村、城市阶级斗争和革命运动的壮丽图景。小说的作者梁斌1914年出生于河北省蠡县梁庄，1930年进省立保定第二师范学校学习，参加过爱国学潮，并亲历家乡的农民革命斗争。1934年在北平左联刊物《伶仃》上发表反映河北"高蠡暴动"的小说《夜之交流》。在抗日战争和解放战争期间，参加地下革命斗争、游击活动，并担任中共蠡县县委领导职务。新中国成立后，他曾任河北省文联副主席等职。1958年出版长篇小说《红旗谱》，该书被誉为反映中国农民革命斗争的史诗式作品，引起强烈反响，并被改编为话剧、电影。1963年出版《播火记》，1983年出版《烽烟图》。

《红旗谱》是一部讲述农民革命历史的作品。小说通过对朱老忠、严志和两家农民三代人不同革命斗争之路的描述，展现了现代中国农民借助革命而变革自身命运的历史篇章。主人公朱老忠被认为是跨越两个历史时期的农民英雄的典型，这两个历史时期的划分便是以革命性质的内涵为标准的。朱老巩、严老祥是备受欺辱、反抗而无望的老一代农民；朱老忠、严志和则是从家族复仇走向自觉的阶级斗争的一代；而运涛、江涛、大贵等则代表了党领导下成长起来的新一代农民。由个人复仇而到阶级斗争，由阶级斗争而到党领导下的革命解放事业，一个完整的历史进程被叙述出来。通过对具体的农民命运的叙写，这一进程呈现出鲜明的革命指向，作品也正是通过这样的叙事组织方式，为历史的进程做了生动的演绎。

朱老忠是作者梁斌在小说《红旗谱》中所着力塑造的中心人物，也是这部作品中最为成功的人物形象之一。朱老忠是一个跨越旧民主主义革命和新民主主义革命两个历史阶段的人物。在旧民主主义革命时期，他从父辈那里继承了豪爽正直、刚毅不屈的斗争精神，传统的农民英雄的性格特点在他身上打下了深深的烙印。在新民主主义革命的斗争实践中，他增长了斗争的才干，提高了革命觉悟，在原有的农民英雄的基础上增加了一种"新质"，最终成为一个具有高度共产主义觉悟的农民英雄典型。为了形象地展示中国新民主主义革命的历史逻辑进程，小说特意以朱老巩大闹柳树林开篇，以此作为全篇的"楔子"，重点表现由于缺乏党的领导，朱老巩等老一代农民的抗争只能以失败告终。在此后的情节发展中，由于有了党的领导，朱老忠的反抗开始具有了不同于父辈的新的内涵，朱老忠也由一个单枪匹马的个人复仇者，成长为一名无产阶级革命战士。而运涛、江涛等更是在党的直接培养下成长起来的新一代农民的代表。可以看出，作者将"党的领导"这一叙事理念，内化到小说的情节推进、人物命运的展开等方面，从而使作品在整体上具有了一种寓示性的意义。不甘屈服的反抗意志和善用智谋的斗争精神是朱老忠性格的核心。朱老忠的父亲朱老巩在与敌手冯兰池的斗争中失败，他的父亲和姐姐惨死之后,他只身一人远走他乡。他并没有就此罢休,尽管身在异地,但时刻没有忘记复仇。所以,几十年之后,他带领妻子和儿子千里迢迢重返故乡——锁井镇,重新开始与冯兰池针锋相对的斗争,这一点充分体现了他不甘屈服的反抗意志。在几十年的奔波生涯中,他增长了对敌斗争的经验。因此,与父辈相比,他有着更多的斗争智谋,更懂得斗争的策略和方式。恰当地处理"脯红鸟事件",便是他善用智谋这一特点的显露。朱老忠有句口头禅:"出水才见两腿泥。"这可以说是他坚韧性格的一个凝结点,也是他不同于一般农民英雄形象的一个显著特征。"出水才见两腿泥"有两方面含义,除了含有韧性精神,还具有一种必胜的信念。例如,高蠡起义失败后,他痛苦万分,但并没有灰心,反而更加坚定了与敌人斗争到底的信念。尤其是他成为一名共产党员之后,他的这种性格得到了更进一步的发展。小说在表现朱老忠韧性的同时,还表现了他敢于为朋友两肋插刀的侠义心肠。这种侠义心肠在朱老忠身上表现为讲义气、重团结、救危扶困、舍己为人的优良品质。朱老忠对朋友赤胆忠心,为朋友两肋插刀,在所不辞:为了支持好友严志和的儿子江涛去保定二师读书,他不惜卖掉自己家的一头耕牛;运涛参加革命后被捕入狱,严志和家遇到灾难,朱老忠挺身而出,带领江涛千里迢迢去济南探监。这一切都是他侠义性格的具体表现。值得注意的是,我们在认识朱老忠这一性格时一定要把他和古代农民的侠士风度区别开来。朱老忠在革命斗争中,把这种英雄品格升华到一个新的高度,把它与革命斗争的宗旨统一起来。因此，这种传统的英雄品格在朱老忠身上便放射出崭新的光彩。朱老忠的革命成长之路具有高度的示范意义，他的成长之路是对毛泽东有关中国无产阶级特别是农民阶级革命运动理论的形象阐释。朱老忠只有将自己融入党领导下的无产阶级革命运动中，他才获得了真正的成长，而这是为中国现代革命道路所决定了的，这也正是朱老忠形象带给人们的最大启迪。

以上分析了新中国成立后五十至七十年代红色文学作品中四个"成长为英雄"的形象个案。这四个形象各有其代表性：董存瑞是战争年代里一个成长为英雄的革命战士形象；欧阳海是一个在和平年代里成长为英雄的代表；吴琼花是在党的领导下翻身得解放成长为合格的革命战士的女性形象；朱老忠则是革命成长道路上的农民形象。"如何成长为英雄"是这四部极具代表性的作品的共同主题，也是四部作品在情节展开上共有的叙事模式。"成长为英雄"的召示意义，使得每个故事的展开与讲述都有着革命寓言的特点与功能。尽管每一个英雄的成长都有着各自不同的历程，或是通过自我灵魂深处的历练来完成，或是在党的引领与启迪下完成，但他们都是通过对革命保持忠诚以及将自己完全献身革命而获得了最终的成长。红色文学中的成长叙事有着自身特定的逻辑结构与意义指向，它以对英雄成长的生动诠释而彰显着自身的价值。"成长为英雄"既是红色文学的叙事指归，也是一种意义的召唤，它成为当代主流意识形态建设中一种重要的话语模式与价值取向,并在很长一段时期里对国民的精神形塑产生了深刻的影响。

三、当代军旅文学中的政委形象及其叙事功能

政委是中国当代军旅文学中存在的一类特有的文学形象,从新中国成立后五十至七十年代《铁道游击队》中的李正、《保卫延安》中的李诚、《红日》中的陈坚、《野火春风斗古城》中的杨晓冬,到八十年代《高山下的花环》中的赵蒙生,以至九十年代以来《历史的天空》中的东方闻英、《亮剑》中的赵刚等,中国当代军旅文学中所塑造的这些政委形象成为当代文学形象序列中特有的类型。从角色设置的角度来说,政委形象对于军旅文学有着不可或缺的重要性,而这与军旅文学特有的题材意义以及政委形象特定的意识形态功能有关。正因如此,政委形象不仅在当代军旅小说中占有重要的地位,在整个当代文学创作中也都有其独特的审美价值与文学史意义。探究政委形象的角色意义及叙事功能,不仅可以从一个特有的角度揭示中国当代军旅文学的审美范式与结构形态特征,而且是对中国当代文学创作中革命意义形态话语书写方式的一种解析。

政委,即政治委员,是中国人民解放军所独有的军队政工领导,主要负责军队的思想政治工作,和军事指挥员同为该部队首长,从而形成军事首长和政治首长双重负责制。这个制度是毛泽东在1927年的"三湾改编"中确立的,并于1929年的古田会议上

做了进一步的完善和明确,即在团以上单位,设立政治委员,连以上单位设立指导员,从而保证了党对军队的绝对领导。可以看出,政委这一职务在军队中的设立,是实现党领导军队的重要保障,而当代军旅文学正是通过对这一类形象的打造与刻画,使得自身的文学叙事与革命意识形态中心话语体系的打造建立了紧密的联系。

中国当代军旅文学发端于新中国成立后五十至七十年代的革命历史小说。革命历史小说以讲述中国共产党领导下的革命斗争历史为主旨,正如有学者指出:"革命历史小说是典型的党性文学,它不仅以中国共产党作为历史叙事的主体,也就是以中国共产党党史为题材,而且全力以赴地表现中国共产党的思想理念乃至方针政策。于是整个革命历史小说构成了一个中国共产党从成立到发展再到夺得政权的'宏大叙事',具体的革命历史小说作品则成为这一宏大叙事的一个组成部分,犹如交响乐中的一个乐章。"①可以说,突出党的领导是当代军旅文学组织叙事的一条基本成规,这一叙事成规在作品的情节结构中具体表现在两个方面:一是在讲述军事革命斗争时必须确保和突出党的领导;二是要揭示出军事革命斗争只有在党的领导下才能取得成功这一理念。正是这条叙事成规的存在,为当代军旅文学在主题指向、意义生成、情节设置、角色安排等方面设定了基本的规范,其中,政

---

① 洪子诚、孟繁华:《当代文学关键词》,桂林:广西师范大学出版社,2002年,第117页。

委角色的设置与塑造是军旅文学呈现这一叙事成规的一个核心的叙事元素。

正是基于上述缘由，政委形象对于军旅文学来说，不仅是必不可少的角色成分，而且还形成了围绕政委形象的塑造而展开情节的叙事法则。雪克的长篇小说《战斗的青春》于1958年由上海新文艺出版社出版。这是一部表现冀中平原抗日游击战争的作品，小说以河北滹沱河流域的枣园区为背景，描写四十年代初期日本侵略者对这个地区所进行的惨无人道的"扫荡"和"清剿"，重点表现了区委书记许凤和游击队队长李铁等带领游击区的抗日武装力量与日伪军以及混入革命队伍内部的国民党特务、叛徒胡文玉所展开的复杂斗争。雪克在谈到自己创作《战斗的青春》如何组织故事的叙述时说："我一开始写的时候，曾经走过这种弯路。就这样写了几部，给同志们一看，都摇头，觉得不真实。因为：第一，在里边看不到党的领导，而在反映游击战争的作品中看不到党的领导，这能叫符合革命历史的真实吗？不能。必须表现出党的领导。于是重新另写，在写党的领导作用当中又遇到了新的问题，一种方法是简单化的省事的方法，只由党委书记在必要的时候出来批评别人一番，做个正确的结论。我以为这并不能真正表现党的领导。这是取消和回避党的思想斗争的方法。其结果是把党的干部置于斗争之外。事实上不是这样。下层党的组织，都是从向错误做斗争中成熟起来的。"①正是在这一认识的基础上，这部表现冀中平原抗日游击战争的小说，将党的基层干部许凤、李铁等在县委书记周明的领导下如何坚定地走正确的抗战路线，以及如何展开与革命队伍中内奸、叛徒的斗争作为情节发展的主线。

同样，被称为新中国成立后第一部大规模正面描写解放战争的长篇军旅小说《保卫延安》也在如何突出政委形象上做了精心的设置与安排。小说的作者杜鹏程在谈到自己当时构思作品的情形时说："保卫延安之战在中国革命历史上占重要地位，牵涉的人物事件很多。怎样在有限的篇幅里把这场斗争真实全面地反映出来？首先要考虑的就是它最本质最主要的东西是什么。我想这场斗争之所以能取得伟大的胜利，最根本的一条就是陕北军民对毛主席战略思想的正确理解与执行。歌颂人民战争思想的光辉胜利，就是《保卫延安》的主旋律。"②为了突出和表现这一主旋律，杜鹏程在小说中对团政委李诚进行了精心的刻画，使其成为部队里能够正确执行毛泽东思想路线的坚定引领者。著名评论家冯雪峰便敏锐地关注到了这一点，他在《论〈保卫延安〉的成就及其重要性》一文中对政委李诚这一形象进行了高度评价："从这个人物身上，人们能够最深切地了解到为什么党的政治工作是

---

① 雪克：《我写〈战斗的青春〉感到的几个问题》，《新港》1959年第1期。
② 陈纾、余水清：《杜鹏程同志谈〈保卫延安〉的创作问题》，《福建师大学报》（哲学社会科学版）1979年第2期。

我们部队的生命和胜利的保证,以及怎样地使它成为部队的生活和胜利的保证。在这里,我们就看见我们从红军时代起在长期中所创造出来和积累起来的部队中政治工作的传统和一些模范的图型(形)。但是,这些工作,正如这部作品所成功地、出色地描写的这样,在我们的部队里绝不是生硬或枯燥的,而是部队的活生生的精神生活,是使战士们的思想感情和整个灵魂活跃起来、发展起来、提高起来、相互团结起来和相互友爱的力量;我们的政治工作是部队的深刻、活泼、愉快的生活的组织者,是战士们的自觉和一切生活的意义、一切力量的启发者。"①

军旅文学对政委形象的突出刻画,可以说是"党指挥枪"的军队建设与管理原则在文学作品中的形象化体现,同时也成为当代军旅文学组织情节的一条叙事成规,这种叙事法则在新中国成立后五十至七十年代的军旅文学创作中得到了渐次加重的强化。在现代革命京剧《杜鹃山》中,突出党的领导已成为唯一的叙事目标。剧作描写1928年湘赣边界的杜鹃山上有一支自发的农民自卫军,领头人物是一位农民出身的草莽英雄雷刚。由于缺乏党的领导,这支队伍在对敌斗争中屡受挫折,用剧中雷刚的话说:"三起三落几经风浪,有多少好弟兄血染山冈。遭失败更渴望找到共产党,群雁无首难成行。黑夜沉沉盼天亮,党啊,指路的明灯! 你

---

① 冯雪峰:《论〈保卫延安〉的成就及其重要性》,王尧、林建法主编:《中国当代文学批评大系:一九四九—二〇〇九 卷一》,苏州:苏州大学出版社,2012年,第205—206页。

今在何方?"①所以,当他听说敌人抓住了一名共产党员要在山下的三官镇上开刑场,便带领队伍前去劫法场,目的是"抢一个共产党领路向前"。"抢"来的女共产党员柯湘成了这支农民自卫军的党代表。在柯湘的带领下,自卫军走出了漫漫长夜,迎来了红旗漫卷杜鹃山的革命景况,一个有关共产党领导下的农民武装革命斗争的历史故事在此得到了生动的演绎。

突出政委形象成为当代军旅文学呈现其所承载的意识形态职能的重要体现,同时也成为评判军旅文学在创作上成功与否的一条重要的批评原则,这在新中国成立后五十至七十年代的文学创作中表现得尤为突出。对政委形象的成功刻画成为一部军旅文学作品受到肯定的重要依据,相反,那些在叙事中遗漏了对政委形象的设置或是没有突出政委领导作用的军旅文学无一例外地受到了指责与批判。

1950年,上海新华书店出版了碧野的中篇小说《我们的力量是无敌的》,这是新中国成立后较早出现的一篇反映党领导下的中国革命战争的作品。小说以解放战争中的太原战役为背景,通过对一个个紧张的战斗场面的描写,塑造了一批英勇无畏的解放军指战员形象,也写出了人民群众的大无畏牺牲精神,展现了人民军队攻无不克、所向无敌的英雄气概。但是小说出版后不久就受到了较为严厉的批评。1951年《文艺报》第3卷第8期上发表了

① 《革命样板戏剧本汇编》(第一卷),北京:人民文学出版社,1974年,第613页。

署名企霞的文章《无敌的力量从何而来——评碧野的小说〈我们的力量是无敌的〉》，认为这篇小说中所谓无敌的力量，"竟可以在每一个极端无纪律的行为中产生"，"竟是在集体的生活和战斗中，几乎完全没有党的领导，极端忽视部队中的政治工作，十分缺乏政治生活的情况下面可以产生的"。同年，《解放军文艺》第1卷第2期发表的张立云《论小资产阶级思想对文艺创作的危害性——兼评碧野:〈我们的力量是无敌的〉》一文也指出，小说把"党的领导写成了可有可无的东西;把党委、政治工作机关写成似乎没有存在的必要;把政治工作人员写成军事工作的陪衬"。批评文章主要是针对小说在描写革命战争时，没有在具体的战争环节中把党的领导作用体现出来，只是表现了一种集体的战斗精神，而没有形象地揭示出"无敌的力量"背后的动力所在。

曲波的小说《林海雪原》也曾因同样的原因而受到指责。有批评者指出，真正的剿匪战争"不是像《林海雪原》所描写的，只是在少剑波领导下的少数部队，脱离了党的领导，凭着少剑波的机智、多谋和杨子荣的英勇、果敢就能解决的"[1]。"归根结底，作者所突出的还是只有少剑波一个人，至于党的集体领导作用，恐怕他是很少想到的。"[2]基于同样原因受到批评的还有吴强的长篇小说《红日》，这部作品发表于1959年，小说以宏大的艺术构架和全景式的描写再现了1947年山东战场的涟水、莱芜、孟良崮三个连贯

---

① 冯仲云:《评影片〈林海雪原〉和同名小说》，《北京日报》1961年5月9日。
② 何家槐:《略谈〈林海雪原〉》，《读书杂志》1958年第12期。

的战役,描写出解放军最终全歼国民党新编七十四师张灵甫部队的全过程。这部作品在发表后同样由于在政委这类形象的塑造上不力而受到指责。小说出版后不久就有批评者指出:"关于党的领导作用,我也认为写得不能令人十分满意。部队中经常有思想问题,有时甚至很严重,这在一定的情况下,是一种正常的现象,问题在于:要做政治思想工作。作者告诉我们的情形是:团长刘胜讲怪话,政委陈坚不敢挺身而出进行原则批评,连长石东根闹情绪,指导员罗光跟着跑,甚至军长沈振新的心里也有一个'暗淡的影子',等等。这些问题如何正确地解决,我们从作品中还得不到明显的深刻的印象。政治工作人员在这些思想问题的面前,如何起他应有的作用,作者描写得未免有些逊色。"①

围绕上述作品所展开的批评,均与在作品中未能突出政委在部队中的引领作用有关。由此可见,在当代军旅文学的创作中,仅仅去表现革命斗争的历史情境以及革命斗争精神是远远不够的,它必须以某种方式突出党对革命斗争的领导,而这种领导作用具体到人物形象上,则正是对政委以及党代表形象的突出与刻画。上述二十世纪五十至七十年代的军旅作品在当时所招致的批判也正是缘于这方面的缺失。正因如此,注重对政委形象的刻画,突出政委对军队在政治上的领导成为此后中国当代军旅文学叙事组织中的一个表现重心。

---

① 平凡:《〈红日〉所体现的毛主席的战略思想》,《文学研究》1958年第2期。

在军旅文学作品中,政委形象不仅占据着突出的位置,同时,常常与军事指挥员形成彼此存在对照关系的一组形象。如《铁道游击队》中的铁道游击队大队长刘洪与政委李正,《亮剑》中的独立团团长李云龙与政委赵刚,《历史的天空》中的游击队队长姜大牙与女政委东方闻英,等等。不仅如此,军旅文学作品中的政委与军事指挥员之间的关系设置带有明确的政治隐喻性,二者的关系常常被设置为启蒙者与被启蒙者、引导者与被引导者、训导者与被规训者的关系,而政委当然无一例外地扮演着前一个角色。

政委与军事指挥员相比表现出较高的政治素养以及政策水平,这不仅是其职务角色所决定的,同时也正是党领导军队的一种表现,这种人物关系设置的背后包含着的是一种政治表达的需求。所以许多军旅文学作品甚至将政委与军事指挥员之间的分歧、冲突、磨合作为整部作品的情节中心与主题重心来加以表现。《亮剑》中李云龙与赵刚的关系是作品组织叙事的主线之一。作品中的政委赵刚与独立团团长李云龙可以说是组成了一对"黄金搭档"。赵刚是燕京大学毕业的高才生,是一个有着坚定革命信仰的理想主义者。作为政委的赵刚与作为独立团团长的李云龙既是棋逢对手,又是珠联璧合,李云龙的血性、强悍、不拘一格与赵刚的坚毅、沉稳、深谋远虑形成鲜明的对照,两个人物的个性得到了极度的彰显。二者同为独立团的首长,作为团长的李云龙给予军队的是战斗的血性与不怕死的豪情和勇气,而作为政委的赵刚给予部队的则是对革命正义的理解。他们一个赋予将士以理性与信念，一个使军队斗志冲天，正是在他们相互交错的磨砺中，独立团获得了战场勇士的血性与革命信仰精魂的理想结合。同时，作品在这种人物关系的演绎中，突出了政委赵刚对草莽英雄李云龙的改造与引导，从而为这位如不羁野马的李云龙注入了一种理性与智性的品格。同样，在作品《历史的天空》中，游击队女政委东方闻英不仅在游击队中发挥着提高军队政治素养的作用，同时她还是队长姜大牙人生成长道路上的一位导师。正是在她的启迪与感召下，粗鲁莽撞的姜大牙逐渐克服自身的弱点，最终成长为一名成熟的军事指挥员。

政委与军事指挥员的对照式书写成为当代军旅文学中普遍存在的一种叙事模式。这种叙事模式具体地表现为：一是作品的情节突出政委对军队的政治改造与引导。常见的情形是，军队在没有政委的时候屡犯错误，或纪律松散；而在政委到来之后，军队的精神面貌焕然一新，纪律严明，服从指挥，战斗力得到增强。二是政委与军事指挥员在军队建设管理及作战部署上有分歧和矛盾，常常是由于军事指挥员的失误，部队被置于危险的境地，关键时候政委出现才得以化险为夷。三是政委与军事指挥员的个性特征及形象内涵相对照。军旅文学中政委与军事指挥员各自的形象特征常常表现为：政委处事沉稳、内敛、有涵养、说话文雅、学识渊博、政治素养高；而军事指挥员则常常如同草莽英雄，处事鲁莽、急躁、易冲动、讲话粗鲁、作战勇猛、有血性。军旅文学中围绕政委与军事指挥员而设置的叙事模式成为一种有意味的形式，而这正是作为一种类型的军旅文学作品呈现自身文本特征的根本所在。

1954年上海的新文艺出版社出版了知侠的长篇小说《铁道游击队》。小说共计二十章,讲述的是抗日战争时期鲁南枣庄矿区的一批煤矿工人和铁路工人如何在党的领导下组织起一支武装力量开展对敌斗争的故事,生动地展现了这支铁道游击队"飞车搞机枪""血染洋行""票车上的战斗""夜袭临城""打岗村""拆炮楼"等一系列惊心动魄的战斗情景。而纵观作品会发现,整部小说在情节推进、结构布局及人物关系的设置上,均是围绕着游击队的政委李正这一人物而精心展开的。小说以游击队的刘洪、王强夜谈敌情以及大队长刘洪飞车搞机枪开篇,从而拉开了序幕。在政委李正出场之前,刘洪是游击队的核心,从小说开篇处对他的描写来看,这是一个机智勇敢、有着丰富的战斗经验的游击队员。但是,一支革命的队伍,仅仅在大队长的领导下进行战斗是不能体现出其政治上的党性特征的。所以小说在第四章"来了管账先生"中,让上级党组织特派的李正来到游击队做政委。李正的作用正如小说里游击队的副队长王强所说:"政委就是政治委员,他是党的代表,你没听咱们是共产党领导的部队么? 政委就代表党来领导我们。"①在接下来的第五章"政委和他的部下"中,为了突出李正对游击队的政治领导作用,作者没有安排大队长刘

---

① 知侠:《铁道游击队》,贵阳:贵州人民出版社,1995年,第75页。

洪出场，而是重点描写李正在游击队内展开的思想教育工作，使他取代刘洪成为游击队的精神领袖。作为游击队政委的李正不仅政治水平高，而且沉着冷静、世事洞明。来到游击队后，他迅速地发现了队员们在思想作风上所存在的问题：鲁汉酗酒，林忠赌钱，彭亮爱惹事。在他卓有成效的思想教育之下，游击队员们改掉了绿林好汉式的自由散漫作风，游击队成为一支有着明确的党性原则和高度纪律性的作战队伍。在此后游击队的作战部署中，每一次都是由李正来对战斗的目的及精神实质进行高屋建瓴的揭示与总结，从而将"党指挥枪"这一原则形象地展现出来。

为了表现政委在军队作战指挥中的重要性，小说中的李正不仅在战略思想、战术安排等方面比大队长刘洪思考得更深远、更细致，而且在性格上也比刘洪更沉稳、更细心、更冷静。这种依据角色与党的关系的重要性而进行性格分配的人物塑造方法，在其他军旅文学作品中也有鲜明的体现。小说中当李正对如何打好"票车上的战斗"这一仗进行了安排部署后，作者这样描写大队长刘洪的内心感受："老洪在政委严肃冷静的言谈中，头脑也渐渐清醒了。他认识到作为一个指挥员，在带领队员投入火热的战斗以前，应该保持高度的冷静和清醒的头脑。他深深地感到政委的作战经验是丰富的，能力是很强的。有了政委的策划，他更增强了这次战斗的胜利信心。"①小说开篇处那位身经百战、经验丰富的

---

① 知侠：《铁道游击队》，贵阳：贵州人民出版社，1995年，第148页。

刘洪在李正来到之后不复存在,在李正面前他更多是作为一个学习者的身份出现的。而且与李正相比,作者也有意识地突出刘洪性格中鲁莽、急躁、不能顾全大局的一面。小说第二十一章中,日寇为了清剿铁道游击队,对微山湖边的苗庄进行了大扫荡,烧毁了许多民房。刘洪看到这一场景后,不顾队友的劝告,在敌强我弱的形势下,拉出队伍与敌人展开了正面的战斗。幸亏李正及时赶到,强行命令刘洪带队撤退,才不至于使游击队全军覆没。总之,小说通过对政委李正这一形象的精心塑造,成功地赋予了铁道游击队以革命性的内涵,从而将一支共产党领导下的抗日武装队伍的革命斗争历史呈现在读者面前。

　　知侠在1986年写下了一篇回顾创作小说《铁道游击队》经过的长文。通过这篇文章我们可以了解到,小说中的政委李正这一形象有生活的原型,而且是在众多真实人物的基础上加工提炼而成的。当年的铁道游击队曾有过多任政委,至于为何出现人员频频更换这种现象,知侠在这篇文章中有所记录:"原来给我写信的政委张洪义,他在铁道游击队的威信很高,可是在一次战斗中牺牲了。后来又调来一个姓孟的政委,不久也牺牲了。因为铁道游击队是在敌人紧紧控制的铁道线上,在稠密的敌人的据点之间活动、战斗,外来的干部不熟悉这里的情况,掌握不住当地敌人的活动规律,很容易遭到牺牲。"[①]而小说中出现的李正,不仅比刘洪等

---

① 知侠:《铁道游击队》,贵阳:贵州人民出版社,1995年,第579页。

游击队员更熟悉敌情,而且领导游击队屡次化险为夷,取得了对敌战斗的一次次胜利,同时也不断地壮大了队伍的力量。前文中提到的小说中描写刘洪带领游击队与日寇在湖边高地激战的情节来源于铁道游击队一段真实的战斗经过,不过那场战斗并不是如小说中所描述的那样:刘洪蛮干强战,李正出面挽救。当年的铁道游击队大队长洪振海(小说中刘洪的原型之一)正是在这次战斗中牺牲了,而且政委当时并不在场。之所以进行这样的艺术处理,作者是这样解释的:"实际的斗争生活是老洪为了湖边人民群众牺牲了。因敌人烧毁他们家园,一时对铁道游击队有点不满,激怒了老洪,他把长、短枪队拉出微山湖,和敌人硬拼时,政委有任务到铁道东去了。如果当时政委和老洪在一起的话,政委会阻止这次战斗行动的,因为我们党领导的部队里,指挥员是要听党代表的话的。所以在小说中我写到战斗进行到最危急的时刻,政委从铁道东赶回来,他以自己的负伤阻止了老洪的蛮干,挽救了铁道游击队的覆亡,命令老洪把部队撤走。我认为政委不在,老洪硬拼,政委回来,扭转局势,都是符合他们的斗争实际的。"[①]知侠对小说《铁道游击队》中的人物原型及史实的回顾,呈现出的是又一番同样别有意味的历史。将史实与小说两相比照,更可以清晰地看到这种文学叙事的修辞性。当代军旅文学中围绕政委而进行的形象设计、情节设置以及性格刻画构成了一整套相互关

---

① 知侠:《铁道游击队》,贵阳:贵州人民出版社,1995年,第581页。

联的意识形态话语体系。

　　综上所述可以看到,政委形象在中国当代文学的形象序列中有其独特的意义和内涵。对于军旅文学而言,政委形象有着举足轻重的地位,对政委形象的设置与刻画成为军旅文学彰显自身文本特征的重要层面。政委形象并非只具有单一的职务身份属性,它实质上承担着十分强大的叙事功能,在作品的情节结构中作为叙事的轴心而起着提纲挈领的作用;并且政委形象的设置与刻画以及围绕这一形象而展开的叙事,是军旅文学传递其特有的革命话语体系的重要保障和依据。因此,可以说,政委形象是中国当代军旅文学作品中的一个意味深长的符码,同时也是一个凝结着丰富的文本信息与文学史信息的当代文学创作现象。

四、当代文学中的叛徒形象及其相关的文学史问题

　　叛徒在中国当代文学作品中可称得上一类较为特殊的形象,《现代汉语词典》(第7版)中对"叛徒"一词释义为:"有背叛行为的人,特指背叛祖国或背叛革命的人。"因其内涵的特指性,这类形象主要出现在叙述中国革命斗争历史一类的文学作品中,如《青春之歌》中的戴愉、《野火春风斗古城》中的高自萍、《红岩》中的甫志高、《平原枪声》中的苏建才、《战斗的青春》中的胡文玉、《敌后武工队》中的马鸣、《红灯记》中的王连举等。在中国当代文学发展史上,反映革命斗争历史的文艺作品以塑造信仰坚定、英勇无畏的英雄形象为主,而背叛信仰、出卖同志的叛徒则是作为反衬

中心英雄形象而被刻画的，同时也因给革命事业所带来的损害而为人们所不齿。另外，从艺术表现手法上来看，当代文学作品中的叛徒形象多有脸谱化的倾向，革命意志不坚定、贪生怕死、向往安逸生活、作风不严谨等成为这类形象的共有特征。因其较为单一的审美表现力，在当代文学研究中，叛徒形象一直处于被忽视的状态。但是，当我们回到具体的历史语境中，围绕着在中国当代文学中如何表现和塑造有关叛徒这一现象和形象进行深入探究时会发现，在叛徒形象的背后包含着诸多颇有意味的有关当代文艺生产现象的话题。

叛徒一词的特定内涵，使这一形象注定被打上深深的意识形态烙印，它成了当代文学中有关革命历史叙事语境中的一个特定的存在。正因如此，对叛徒形象的刻画与塑造，常常牵涉中国当代文学创作中关于革命意识形态的打造与传播，以及革命语义系统的合理性等一系列问题。新中国成立后的五十至七十年代是当代文艺生产中红色叙事的高峰期，一大批叙述中国共产党领导下革命斗争历史的红色文艺作品在这一时期集中涌现，而当代文学中的叛徒形象也主要产生于这批作品之中。红色文艺作品于五十至七十年代大量出现，这本身便被赋予了特有的政治意识形态功能与内涵，它成了彼时红色革命意识形态生产的重要组成，这便使中国当代文艺生活中有关革命历史叙事的展开有其特定的意义指向与叙事逻辑系统，而传递革命正义与展现革命英雄主义便成为当代红色文艺作品共有的叙事指归。基于此，作为当代文学红色叙事系统中的叛徒形象,其内涵与功能只能以突出革命的正义性与革命者的英雄主义情怀为存在的依据,而绝不能引向有关革命自身内在复杂性与矛盾性的探讨与反思。

在中国当代文学众多的叛徒形象中,小说《红岩》中的甫志高可谓知名度最高的一个。《红岩》是当代红色文艺作品中的一部经典文本,曾被誉为"最生动的共产主义教科书"。随着小说以及由它改编的各类文艺产品的广泛传播,《红岩》的故事可谓深入人心,成为几代中国人的共同记忆,同时也使叛徒甫志高这一名字变得妇孺皆知。《红岩》最为引人注目的地方便是对江姐、许云峰等共产党员英雄群像的成功塑造。但是当追溯写作《红岩》的具体历史过程时会发现,叛徒问题与这部作品的生成有着十分密切的联系。追述《红岩》的写作与叛徒问题的关系,就不得不首先提及小说的作者罗广斌。罗广斌于二十世纪四十年代在云南、四川一带从事革命工作。1948年,他经江竹筠(即小说中江姐的原型)介绍加入中国共产党,同年因叛徒出卖而被捕,先后被关押在重庆中美合作所渣滓洞和白公馆集中营。在1949年11月27日国民党对这两处集中营中被囚禁的人员进行大屠杀时,罗广斌策反看守杨钦典成功,带领被关押在白公馆中的十几个人越狱脱险。作为1949年重庆解放前夕白公馆、渣滓洞集中营大屠杀中的幸存者,罗广斌在出狱后不久就向上级党组织递交了一份报告:《关于重庆组织破坏经过和狱中情形的报告》(简称《报告》)。《报告》共两万余字,分为"《挺进报》的被破坏""个别地下党领导的叛变和

造成的损失""叛徒的破坏""狱中斗争""脱险经过""狱中意见"等
几个部分。值得注意的是，《报告》中，叛徒问题是涉及最多的一
个方面。从史料记载来看，1948年中共重庆地下党组织遭受大破
坏的主要原因就是叛徒出卖。而更为严重的是，叛变投敌者是一
批在重庆地下党组织中担任重要职务的领导干部，主要有重庆市
委书记、负责工人运动的刘国定，市委副书记、分管学生运动的冉
益智，城区区委书记李文祥，川康特委书记蒲华辅以及中共七大
代表、川东临时工委副书记兼川东地下工委书记涂孝文等。他们
的叛变造成在不到一年的时间内，四川一带的地下党组织中有一
百三十三人被捕入狱，罗广斌本人就是由于刘国定的出卖而被捕
入狱的。正是由于变节者位居要职，其破坏程度才会如此之大。
据史料记载，因叛徒的出卖，四川的地下党组织遭到极大的破坏，
前后有一百三十三人被捕，致使地下党组织的工作一度陷于瘫
痪。至1949年11月，白公馆看守所共关押五十四人，"11·27"杀
害二十八人，放七人，脱险十九人。渣滓洞看守所"11·27"屠杀一
百八十八人，脱险三十四人。所以罗广斌在这份报告中重点对这
一事件进行了总结，并代表狱中死去的难友向党组织提出了八条
意见：一、保持党组织的纯洁性，防止领导成员的腐化；二、加强党
内教育和实际斗争锻炼；三、不要理想主义，对上级也不要迷信；
四、注意路线问题，不要从右跳到左；五、切勿轻视敌人；六、注意
党员，特别是领导干部的经济、恋爱和生活作风问题；七、严格整
党整风；八、严惩叛徒、特务。这里之所以要将这八点列出，主要

是其可以反映出罗广斌在讲述这一事件过程中的重心所在,可以说总结教训,吸取经验,尤其是领导干部的变节投降问题,是他叙述的重点。在《报告》中,罗广斌对几名领导干部变节投降以后的情况分别进行了说明,并谈了自己的看法,同时指出:"我们希望组织上对选拔干部,审查干部,培养干部,一定要更进一步的谨慎和严格。"①"从所有叛徒、烈士中加以比较,经济问题,恋爱问题,私生活,这三个个人问题处理的好坏,必然地决定了他的工作态度和对革命的是否忠贞。"②这些以生命和鲜血为代价换来的沉痛教训,成为亲历者最为关注的核心问题,可见其利害关系之重。但是在小说《红岩》的讲述中,叛徒问题只集中在一个知识分子出身、只担任地下党沙磁区区委委员职务、负责经济工作的甫志高身上,与史实有很大的出入。将甫志高作为重庆地下党遭受大破坏的罪魁祸首,在情理上难以讲通,也不符合常识。就小说中甫志高在党内的身份以及当时地下党展开工作的方式而言,即使甫志高被捕后变节投降,也不会给地下党组织造成如《红岩》中所描写的那样大的破坏。这只能说明,到小说《红岩》时,历史叙述的重心已经发生了转移,叛徒问题已不是作品表现的主题所在。

2011年6月,重庆出版社出版了由作家何建明执笔、厉华所著的《忠诚与背叛——告诉你一个真实的红岩》一书。该书是在

①厉华、陈建新等:《红岩魂纪实:来自白公馆、渣滓洞的报告》,北京:群众出版社,1997年,第390页。
②厉华、陈建新等:《红岩魂纪实:来自白公馆、渣滓洞的报告》,北京:群众出版社,1997年,第389页。

1997年由群众出版社出版，厉华、陈建新等人所著的《红岩魂纪实：来自白公馆、渣滓洞的报告》的基础上改编、扩写而成的。在这本书中，作者对小说《红岩》中所塑造的众多人物形象的历史原型以及所涉及的一系列历史事件在史实的层面上进行了全面的还原，揭开了诸多与《红岩》历史背景有关的鲜为人知的内幕，如重庆解放前夕国民党特务在白公馆、渣滓洞实施的大屠杀，西安事变名将杨虎城将军被杀经过，等等。尤其值得一提的是，书中对小说《红岩》有意淡化和回避的叛徒现象与叛徒问题进行了较为翔实的叙述，披露了诸多有关当年重庆地下党的高层干部在被捕后相继变节投降情形的内容，其中尤为突出的是对小说《红岩》中与叛徒甫志高有关联的一系列原型，如刘国定、冉益智、蒲华辅、李文祥、涂孝文等叛徒的相关史料进行了详细的陈述，同时也对众叛徒投敌变节的心理动机进行了深入的还原与剖析。该书在很大程度上为我们还原了《红岩》所述历史的真相，呈现出历史本身的丰富性与复杂性，从而使我们可以清晰地看到小说《红岩》从历史本体到经过文学叙事修辞后成为故事文本的生成过程。可以说，《红岩》的写作是一个从最初对叛徒问题的沉痛反思，调整到对革命英雄群像进行精心打造的过程。而这一叙事修正的过程，也恰恰折射出中国当代红色文艺生产的意识形态规定性。

相关资料记载，罗广斌与杨益言写出小说《红岩》的初稿后，曾征求重庆市委有关领导以及其他老作家对作品的意见，结果受到了较为严厉的批评。老作家马识途批评作者"好像还是坐在渣渣洞集中营里写的",甚至批评罗广斌是"由于自身精神状态不佳,写得没有志气,调子低沉","把监狱写得似乎是革命英雄的受苦受难之地和革命的屠场",提出应该把监狱写成是"我们地下党进行革命斗争的第二战场和共产主义学校"。[①]当时的重庆市委第一书记任白戈指出:"小说的精神状态要翻身。""'揭露敌人,表彰先烈'应该是作品的主题。"[②]其他老同志也提出要"表现高昂的革命英雄主义,不要写感伤的东西,不要拘泥于真人真事,不要直接写组织的破坏,只限制在个人的被捕上,这样更有利于集中、概括,表现烈士们的事迹和精神状态"[③]。老作家沙汀更是提醒说:"要以胜利者的姿态,眉飞色舞地写过去的斗争。"[④]为了给小说的"精神面貌翻身",罗广斌和杨益言在重庆市委的安排下脱产进行修改。小说历经三次返工,五六次大修大改,总共写了三百万字,最后留下了四十万字,于1961年12月最终定稿。如果我们把罗广斌出狱后最初递交给上级党组织的那份《关于重庆组织破坏经过和狱中情形的报告》以及小说《红岩》视为作者在不同时期对同一事件的两次不同文本化叙述的话,那么这两个文本呈现在我们面前的是两个完全不同的故事类型。第一个文本侧重总结叛徒问题,可称为总结、反思型故事文本;第二个文本侧重展现共产党人的革命英雄气概,可称为弘扬、讴歌型故事文本。从对叛徒问

① 马识途:《且说〈红岩〉》,《中国青年》1962年第11期。
② 刘德彬:《〈红岩〉·罗文斌·中美合作所》,重庆:重庆出版社,1990年,第210页。
③ 刘德彬:《〈红岩〉·罗文斌·中美合作所》,重庆:重庆出版社,1990年,第210页。
④ 刘德彬:《〈红岩〉·罗文斌·中美合作所》,重庆:重庆出版社,1990年,第211页。

题的揭示到对共产党人英雄气概的弘扬，《红岩》的写作过程中对叛徒形象的逐渐淡化与弱化的处理方式，清晰地呈现出中国当代红色文艺创作过程中对革命历史的叙述带有某种质的规定性。而历史经过"本质化"的提纯，必然意味着对历史丰富性的遮蔽，这同时也减小了当代文学对革命自身以及相关历史进行深度反省与追问的可能性。而由叛徒形象作为切入点来反思中国当代文艺生产现象便有了意义。

中国当代文学中围绕叛徒形象的处理与叛徒形象的刻画，一方面反映出当代革命历史叙事中有关革命自身复杂性被遮蔽的问题，另一方面也折射出当代红色文艺作品中人性开掘深度受阻的困局。自左翼文学诞生之日起，有关阶级性、革命信仰与人性、人情之间的冲突便成为一个纠缠不清的话题。毫无疑问，中国当代红色文艺作品通过对诸如江姐、许云峰、江涛、卢嘉川、江华、林道静以及刘胡兰、黄继光、董存瑞等英雄形象的塑造，为人们提供了一整套的革命伦理观，这些英雄人物成为最具范式意义的榜样。他们的政治信仰、思维逻辑、行为准则、道德诉求、精神境界都具有启迪与教育意义；他们身上的那种不怕牺牲、视死如归、公而忘私的道德品质，也具有了一种强大的道德感召力。对革命伦理价值体系的不断渲染、强化与提纯，其另一极便是对人性丰富性、复杂性的回避与压抑。这种在中国当代红色文艺作品中潜在的叙事逻辑与规约机制同样在叛徒形象的处理上有着清晰的呈现。

　　1958年上海新文艺出版社出版了雪克的长篇小说《战斗的青春》。小说出版后在津、沪两地引起了热烈的讨论,对作品争议最大也是批评最多的主要集中在三个方面:一是作品中对叛徒胡文玉的刻画;二是作品中对许凤与胡文玉之间感情的把握与处理;三是作品中对党内斗争的表现。归结起来看,实质上争议的焦点就在于:作品中对叛徒胡文玉的描写是否恰当。在小说中,胡文玉曾是枣园区的区委书记,他出身于北平的一个商人家庭,是一名青年知识分子,因不满父亲对自己婚姻和活动自由的干涉,在"七七事变"后离开家庭,到冀中军区参加了革命。由于文化水平较高,写得一手好文章,被组织安排到枣园区担任区委书记,与区妇女抗日救国会主任许凤是一对恋人。在日军1942年对冀中平原实行"大扫荡"中,胡文玉由于贪生怕死,加上本来就对游击队的斗争策略不满,在混入革命队伍中的特务的拉拢下叛变了革命。在小说最初的版本中,作者对胡文玉叛变后的复杂心态进行了细致的刻画,写他虽然投敌,但良心一直深为不安,对许凤的感情也颇为留恋。所以在小说的结尾处,当日本队长渡边杀害了被捕的许凤后,胡文玉悲愤中欲向渡边报仇,最终为日军所杀。正因为对叛徒分子进行了这样的描写,小说在出版后才引起了较大的争议。有批评者认为,作者对叛徒做这样的描写是不可谅解的,没有充分表现出叛徒的可耻嘴脸。如作家冯牧在1959年第11期《文艺报》上发表的《谈〈战斗的青春〉的成败得失》一文中指出:"既然这个彻头彻尾的个人野心家是那样坚决地投向了敌人的怀抱中去,而作者在小说的结尾处却以一种近于怜悯之情来反复描写起他的不安和悔恨来,这究竟有什么意义呢? 难道是要在读者中间唤起对于这个可憎的人物的宽恕和怜惜么? 不能不认为,这一些描写胡文玉心理活动的片段,是全书中的一些不能容忍的和整个作品绝不调和的'败笔'。"①此外,一些批评者对作品中所描写的许凤对胡文玉爱恨交加的复杂感情也大加指责,认为这样的刻画有损一位坚定的共产党员干部的形象。正是在听取了这些批评意见的基础上,雪克于1960年完成了对原作的修改,这次改动的幅度较大,增删十万字左右。同年,由上海新文艺出版社推出小说的新一版,此后于1961年、1962年又接连推出小说的新二版和新三版。在1960年的新一版中,作品明显加大了对叛徒的批判力度,同时也增强了对许凤革命坚定性一面的刻画。在新一版中,作者将许凤与革命队伍中叛徒的斗争作为鲜明对立的"一红一黑"两条路线的斗争来进行描写,最大限度地剔除了原版本中有关许凤在胡文玉思想发生动摇后依然对他怀着一种复杂情感的表现。尤其是对叛徒胡文玉的刻画,突出了他凶残、可憎的一面。在新一版的小说结尾处,胡文玉面对游击队的包围顽抗不成,试图化装逃跑,被游击队队长李铁追上后砍于马下。可以说小说的这一次修改尽可能地回避了作品内涵的复杂性与多义性,而是把革命者与反革命者的界线从心理上、行动上以及思想

---

① 冯牧:《谈〈战斗的青春〉的成败得失》,《文艺报》1959 年第 11 期。

感情上划分得泾渭分明。作品的意义系统变得透明、清澈，革命
斗争历史的教育意义也更加鲜明。这一修改的指归与特点在其
他的革命历史小说修改中也体现得十分明显。这里也可看出，在
新中国成立后五六十年代的革命历史叙事中，对历史复杂一面的
描写都会被看作政治上存在不足的表现。

　　从小说《战斗的青春》对叛徒胡文玉的刻画及这种刻画所招
致的批评和受到批评后作品再版本的修改中，可以看出，在新中
国成立后五六十年代的文艺写作观念中，对革命历史叙事追求的
是一种高度的"纯洁性"。对于叛徒胡文玉，不应该也不允许表现
他内心情感复杂性的一面；同时，对正面人物许凤的描写，在恋人
胡文玉叛变后，也不应该再表现出任何的矛盾与痛苦。但是这些
批评意见以及后来作者对作品所做的"修正"，恰恰使得修改后的
作品失去了原作中人物身上所表现出的情感力度与人性的深度，
党性立场成为左右人物思想情感和行动的唯一指针，革命叙事的
纯洁性得到了有力的保障，但人物内涵的丰富性和人性的真实性
却因此受到了极大的削弱和扭曲。值得注意的是，革命历史叙事
中的这种带有意识形态修辞目的的策略性修改不止存在于《战斗
的青春》这一部作品当中，诸如《青春之歌》《红旗谱》《野火春风斗
古城》等作品都经历过这样类似的"修正性"叙事，但这些修改都
不是在艺术性上的加工、润色和提高，而无一例外都是对作品进
行思想层面的"维护"和"修正"。中国当代红色文艺作品修改本
的大量出现，成为特定历史时期文学创作中的特有现象。这些作

品从发表到修改，到新的版本的推出，其背后大多裹挟着一场场发人深省的文学史事件，而其中人性开掘深度的被阻隔，以及革命伦理与革命道义的不断强化，并且最终成为革命英雄全部精神属性的所在，则是当代众多红色文艺作品"不约而同"的叙事走向。

作为一种文学形象类型，当代文学研究中对叛徒形象的关注相对较少，其中的主要原因在于这一类角色给人一种形象较为单一的印象。通常来看，这类形象带有一种先在的质的规定性，贪生怕死、意志薄弱、变节投敌、背叛革命是其共有的特征。但是，当我们将叛徒这一形象放置于整个中国当代文学的红色革命叙事系统中来加以观照的话，就会发现这类形象实质上有其特有的形象内涵和叙事功能。可以说，叛徒形象一方面起着衬托革命英雄形象坚定的革命信念以及大无畏的牺牲精神的作用；另一方面，更为重要的是，在那些以讲述革命者成长为主题的作品中，叛徒形象的存在是那些革命道路上的成长者成为合格的革命者所必须经历的考验。在当代红色文艺作品中最能体现叛徒形象这一叙事功能特点的便是《青春之歌》和《红灯记》。

在中国当代出现的众多讲述革命历史的文学作品中，《青春之歌》有着特殊的意义。它是新中国成立后出现的第一部以知识分子成长史为题材的长篇小说。小说动笔于1950年，1952年底初步完成，1958年1月由作家出版社出版。作品讲述了在"九一八"至"一二·九"这一时代背景下，小资产阶级知识分子林道静如何在党的教育下,最终成长为一位共产主义战士的过程。正如有学者指出:"它呈现了林道静从一个个人主义、民主主义、自由主义的知识分子改造而成长为一个共产主义战士的过程,并通过这一过程确认出特定的权威话语:资产阶级、小资产阶级知识分子只有在共产党的领导下,历经追求、痛苦、改造和考验,投身于党、献身于人民,才有真正的生存与出路,获得真正意义的解救。"①

有关《青春之歌》的诸多论述都将小说的主旨指向了有关主人公林道静极富时代感召意义的革命性精神成长的表达,而在对林道静的成长之旅进行具体阐释时,通常将作品中的共产党人卢嘉川、林红、江华视为帮助林道静完成从一个小资产阶级知识分子到一个坚定的共产主义革命战士这一身份转换的引领者和启蒙者。不过当我们重新审视林道静的成长之旅时会发现,除卢嘉川、江华等革命导师外,还有一个角色也一直若隐若现地伴随着林道静的成长,这便是小说中的叛徒——戴愉。叛徒戴愉这一角色在作品中的设置,不仅是基于情节发展的需要,更是缘于完成林道静"成长"仪式的要求。从某种意义上可以说,叛徒戴愉的存在与革命引路人卢嘉川等人的存在对主人公林道静而言有着同等重要的意义,只不过后者意味着召引,而前者意味着考验。

正因如此,我们看到,叛徒戴愉成为小说《青春之歌》中一个贯穿始终的重要角色,他从另一个维度佐证着主人公林道静在革

---

① 李杨:《50—70 年代中国文学经典再解读》,济南:山东教育出版社,2003 年,第91 页。

命道路上的成长。小说中，林道静与戴愉的第一次见面是在卢嘉川被捕后，而这时戴愉已变节投降，他以地下党组织联络人的身份找到林道静，企图从林道静身上套取到有价值的信息。作者这样描写了与戴愉见面后林道静的感受："道静送走了戴愉，回到屋里坐在床边。想到又和革命的朋友联系上了，她的生活又该活跃起来了，她兴奋得忘了搬走的事。"①文中这一情景的描写，突出表现了缺乏斗争经验的林道静易被蒙骗的弱点，从而说明她在成长为一名真正的革命者的道路上还有很长的路要走。在此后林道静成长的关键性场景中，均有叛徒戴愉的身影出现；而戴愉的每一次出现，都意味着对林道静的一次考验。当林道静在河北定县高小任教时，正是戴愉别有用心的煽动，才使林道静盲目组织学生斗争校长，以至于身份暴露，刚刚发展起来的进步学生力量也被摧毁。林道静对隐藏在革命内部的敌人是否具有辨识力，成为检验她成熟与否的标志之一。可以看到，林道静从对戴愉的信任、犹豫、怀疑到认清其真面目之后憎恨的心理变化过程，构成了呈现林道静心理成长的一条重要线索。在小说的结尾处，作者将北平市委关于开除叛徒戴愉出党与派已历经革命锻炼的林道静到北大工作作为重要决定放在同一次会议上进行发布，将两件事情放在一起进行交代，暗示了其内在的关联性：叛徒被识别，也正是成长中的革命者真正走向成熟的开始。这种叙事逻辑在革命

---

① 杨沫：《青春之歌》，北京：北京十月文艺出版社，1998年，第206页。

样板戏《红灯记》中也有清晰的呈现,作为革命"后来人"的李铁梅对叛徒王连举派来的伪装成联络员的特务是否能识别,成为她能否接过那盏象征着党的"红灯"的必要考验。同时,这种情节模式的设置也表明,真正的革命者不仅要有坚定的革命信念、对敌斗争的勇气,还要有能够辨别潜藏于革命队伍内部的变节者的能力与智慧。

可以看到,在中国当代文学语境中,叛徒形象的背后积淀着丰富的文学史内涵,如何对叛徒形象进行刻画与处理,常常折射出一系列有关当代文艺生产机制与文学创作形态的问题。围绕叛徒角色而形成的"变节—破坏—识别—惩处"情节推进模式,一方面成为相关红色文艺作品特有的结构形态,另一方面还隐喻着对成长中的革命者能力的锻炼与资格的检验,从而使得叛徒这一角色在中国当代红色文艺作品中承载着特定的叙事功能。同时,在史实与文学表现的可能性之间,对叛徒形象的刻画与书写,表现出的是当代文学历史反思的深度与叙事形态及叙事走向的问题。而对叛徒形象从性格刻画到命运结局的设定上,不同的文学作品所表现出来的较为一致的创作规定性与约定俗成性,反映了在当代文学中这一形象所被赋予的强烈的意识形态内涵以及较为明确的认知功能。由此可见,考察中国当代文学中的叛徒形象,不仅意味着对文学创作现象的分析,同时也是对中国当代红色文艺的叙事系统以及当代文学意识形态生产的一种考察。

第六章　当代文学的媒介转换与新世纪红色影视的历史视野

媒介转换是进入新世纪以来当代文学最为突出的变化,这种媒介的转换具体体现为网络化与影视化。新世纪文学不论是从书写领域、审美体验,还是从生产机制、写作方式上来看,都具有自身的特质,大众化、世俗化的创作特征进一步得到强化。进入新世纪以来,文学活动不论是从作家的存在方式还是从书写立场上来看,个体成为言说的重心,一种完全立足于个体经验与个体认知的文学叙事成为当下文学的主要书写方式。此外,网络化、影视化的文学生产方式的普及,也进一步推进了新世纪文学产业与市场的结合。

一、新世纪文学生产的媒介转换

新世纪文学作为一个学术话题正式展开讨论始于2005年。这一年《文艺争鸣》杂志率先提出这一命题,推出多篇相关文章进行理论层面的探讨,以期开掘这一命题背后的学理内涵。2006年在广东召开的中国现当代文学学术年会上,新世纪文学与网络文学成为讨论的主题。同年11月初,在成都召开的由中国当代文学研究会与四川师范大学文学院主办的中国当代文学研究会第十四届学术年会上，有关新世纪文学的命名、新世纪文学的评价以及新世纪文学的精神向度等成为集中探讨的话题。就此，新世纪文学成为近些年来学术界的一个重要的文学命题，它的提出既是当下学人对进入二十一世纪以来文学发展动态的一种关注与把握，同时也昭示着一种与二十世纪九十年代文学有所区别的文学新走向的形成。《文艺争鸣》从 2005 年第 2 期起开辟了"新世纪文学"专栏，张颐武、杨扬、孟繁华等评论家参与了这一期的讨论。该刊主编张未民在"开栏的话"《新世纪　新表现》中指出，二十一世纪这五年的文学既是当下的现实，也是当代的历史，新世纪的文化景观和文学景观促使我们要期望或寻出它有哪些文学"新表现"。他认为，在新世纪的大背景下，"中国文学走向世界与否、全球化与否似乎并非首要，而重要的是实现中国文学自身，在中国的土地上、社会里、人群中实现中国文学自身"[①]。张颐武在《大历史下的文学想象——新世纪文化与新世纪的文学》一文中指出，一个快速崛起的"新新中国"正迅速地超越原有的中国现代性的历史框架，获得了前所未有的全球性历史角色。他认为，这种变化使得新时期和后新时期的文化转向了新世纪文化。这种新世纪文化完全超越了新时期对今天的想象。文学领域的深刻变化正是在新世纪文化之中发生的，一些基本的轨迹已经超越了五四

---

① 张未民：《新世纪　新表现》，《文艺争鸣》2005 年第 2 期。

以来新文学的历史规定性,有了自己的新的可能性。"首先,文学在文化中的中心地位受到了前所未有的冲击……其次,一种中产化的新的文学开始出现……再次,文学高度地青春化。"①作者特别提及,物质主义和消费主义时代出生的人注重感官的满足,需要即刻的消费满足,又在成人世界的面前有强烈的挫折感和逆反的意识,这构成了一种文化趣味,他们的趣味支撑了郭敬明、春树、韩寒的作品的持续热销,创造了一个巨大的文学市场。於可训在其《从新时期文学到新世纪文学》一文中则指出:新世纪文学不应是从时间上断定的概念,而应从其新质的孕育生长上来看。新世纪文学新质发生的前提是九十年代初期实行的市场经济。在该背景下,文学受到了经济体制的冲击,思想出现多元化,从而产生了多方位、多角度去反映发展的历史的文学态势,体现了一种融合、原创的文学艺术性。白烨2006年在《文艺争鸣》上发表的《新的裂变与新的挑战》一文中,从当代文学生产机制与生产方式的角度分析了新世纪文学的特质,认为对于新世纪文学而言,首先是文坛格局正在悄然发生变异。在文学出版越来越走向商业化之后,似乎只有文学期刊还在苦苦支撑着传统文学的一方天地。其次,文学生产的体制与机制发生了变化,市场这只看不见的手,远比看得见的文学的组织管理更充分也更有效地在文学生产过程中发挥着影响与调节的作用。学者们对有关新世纪文

---

① 张颐武:《大历史下的文学想象——新世纪文化与新世纪的文学》,《文艺争鸣》2005年第2期。

学这一命题的论争,并不仅仅缘于对文学史进行分期的学术冲动,而是基于进入二十一世纪以来中国文学在创作观念、审美趣味、价值观念以及流通传播等方面所显现出来的不同于以往文学的新特质。从文学发展态势的角度来看,新世纪文学的转型意味也是颇为显见的。进入新世纪以来,在市场经济的推动下,商业化写作得以强化,文学更趋于消费性与大众趣味性,纯文学写作不再占据市场的主导性地位。与二十世纪末的文学形态相比,文学的商品属性在新世纪获得了普遍的认同。随着"80后"文学的出现,创作界与出版界联手将营造大众阅读趣味作为自己的导向重心。占领市场、寻找商机,已经成为众多文学期刊及出版社的经营策略,尤其是网络文学在进入新世纪以来的异军突起,更使这种商品属性得到了充分的展现。

从文学创作观念来看,新世纪文学延续着二十世纪九十年代以来所形成的大众化、世俗化的创作特征,并进一步向纵深挺进。这一写作方向深刻地标志着五四以来所形成的以启蒙为主导的精英文学格局的退潮,而开始形成了依托市场经济、以大众文化为表征的全新写作倾向。这种文学走向,使文学真正进入大众的狂欢之中。在消解了启蒙一翼之后,市民性、休闲性、消费性成为这种大众文学的主要特性。从这一方向延展开来,新世纪文学呈现出鲜明的消费主义时代的文学特征。它以去中心、平面化为特点,追求写作的通俗化、大众化与游戏化,在网络文学与影视文学的推动下,将文学消费与当下生活紧密地结合了起来。可以说,二十世纪九十年代以来市场经济的冲击，是大众文学兴起的一个重要的现实依托，它是商品化的市场行为渗透到精神生产领域的一个结果。正如有论者指出："新世纪大众趣味的象征性权力，经过上世纪末叶市场经济对于各种消费文化因素的激活及进一步的文化整合，已经形成强而有力的个体消费的趣味共同性，这种共同性已经在个体消费心理中动力化，形成见于众多个体的大众趣味指向。因此说，大众趣味象征性权力的获得乃是市场经济繁荣发展的伴生物。"①

新世纪文学的另一个重要走向便是文学写作的个体化。虽然早在二十世纪八十年代后期个人化写作已呈现出一种势头，如诗歌领域新生代诗人对朦胧诗人写作方式的反叛；但就一种潮流而言，进入新世纪以来，个体化的写作倾向才成为一种主流。这种写作走向有着多方面的内涵。就作家存在方式而言，传统知识分子式的作家身份趋于瓦解，作家也不再一味地寻求一种体制存在的归属感。崛起的"80后"作家更多地把写作作为一种生活姿态，创作成为一种纯个体性的生存活动行为，或者只是生活于当下的一种手段而已。正因如此，在"80后"作家这里，其文学创作活动与作为个体的商业化行为具有了某种密不可分的关系，正如有学者所论："同上一代人相比，他们相当乐意自我认同于市民性。不但在物质上，就是在精神上也出现了依赖于经济力量与市

---

① 高楠、王纯菲：《中国文学跨世纪发展研究》，北京：人民文学出版社，2008年，第111页。

场的制约。其时代性格中出现了奉行经济运行规则的特点,具体表现为对消费价值深感兴趣而对创造价值没有兴趣,只是一味地追求占有价值而不是创造价值。最重要的是对价值的追求不再仅仅是对经济价值的追求,而是非常讨巧地追求利益的最大化。"①王朔当年以"码字的"来自称,但到了韩寒这里,他更愿将一个赛车手的身影展现在公众面前,从而有意识地淡化作家这一身份印记。但这也使他能以"局外人"的身份,无所顾忌地评点文坛的种种世相。个体化的走向不仅体现在作家的存在方式上,同时也鲜明地呈现在文学的表现领域中。二十世纪九十年代以降,随着"新生代"作家在文坛的活跃,文学叙事也更注重对个人生活体验、个体生存状态的摹写。而在新崛起的女性文学那里,它干脆直指"私人生活"本身,醉心于此的展露与表现。个体化写作倾向的形成,一方面是二十世纪九十年代以来社会生活多元化发展的一个结果,另一方面也是对当代很长一个历史时期所存在的集体化写作形态的一种冲击与反叛。五十至七十年代堪称文学的集体化写作时期,一切写作活动的开展都得到了高度的规范与整合,政治意识形态书写成为彼时文艺生产的指归。新时期以来,"人的文学"的崛起虽然突出了对人生及人性的关注与把握,但就整体而言,此时的人学内涵有着强烈的启蒙色彩,在叙事上仍然具有宏大叙事的特征。而新世纪以来,文学活动不论是从作家的

---

① 王涛:《代际定位与文学越位——"80后"写作研究》,成都:巴蜀书社,2009年,第33页。

存在方式还是从书写立场上来看，个体成为言说的重心，一种完全立足于个体经验与个体认知的文学叙事成为当下文学的主要书写方式。

新世纪文学的写作方式与传播方式正随着网络文学的兴盛而呈现出新的特征。可以看到，当前电信技术与网络技术的发展与普及正在深刻规约和影响着传统文学的写作方式与传播方式，短信、博客、文学网站成为大众参与文学写作的重要平台。文学生产与流通的电子化既拓宽了传统文学的传播途径，同时也带来了文学观念、审美形态、阅读批评模式、作家身份定位、出版发行方式等的全方位变化。从网络文学的创作历程来看，1998年台湾作家蔡智恒的小说《第一次亲密接触》在网上连载，由此引发了中国大陆网络文学创作的热潮。九十年代后期，"榕树下"和"网易"打出"网络作家"的旗号，邢育森、俞白眉、李寻欢、安妮宝贝等成为网络文学界的"黑马"。2000年今何在的《悟空传》和2001年由人民文学出版社推出的网络原创作品《风中玫瑰》再一次使网络文学升温。继之而后，慕容雪村的《成都，今夜请将我遗忘》和《天堂向左，深圳向右》、江南的《此间的少年》、何员外的《毕业那天我们一起失恋》、上官谷二的《深圳今夜激情澎湃》以及江村的《成都，爱情只有八个月》等作品掀起了网络文学表现都市欲望人生的热潮。2003年围绕木子美的《遗情书》所展开的论争，可以说是这一写作方向上的一场具有标志性意义的网络事件。2004年悬疑小说开始占领上风，2005年以《诛仙》为代表的玄幻小说成为主角,2006年则以天下霸唱的《鬼吹灯》为代表拉开了恐怖灵异小说的序幕,而2008年何马的《藏地密码》又以其将藏传佛教、藏獒、西藏传说、民间传诵的隐秘历史、史诗和藏地奇景等的完美聚合与独特的文学性表现而成为新的关注热点。

　　无疑,网络文学已成为新世纪文学创作领域的一个重要组成部分。据统计,截至2007年12月31日,我国上网用户总数已达2.1亿,这为网络文学的传播与影响提供了坚实的基础,也使网络文学具有了巨大的商机。可以说网络文学在推动文学产业化的发展方向上起到了至关重要的作用。庞大的读者群、潜在的消费市场使国内的出版社纷纷盯上了网上高点击率的文学作品,从原创小说到名人博客都成为出版行业角逐的对象。新世纪以来,如《成都,今夜请将我遗忘》《鬼吹灯》《藏地密码》等作品都相继登上了年度销售书的榜首。这不仅给出版行业带来了巨大的经济效益,同时也使作者一夜成名,反过来更进一步刺激着网络文学创作队伍的活跃与壮大。可以说,网络特有的写作、阅读与传播方式,使网络文学具有了以往传统文学难以匹敌的优越性。在商业利益的驱动下,它在与传统出版业的结合中产生了巨大的产业效应,同时也打造出了新的文学时代的品性。正如有论者所指出的:"网络文学的特征反映出了文学的本质要求。也就是说,网络的特性更有利于张扬文学的本质。文学本质所要求的率真的、非功利的、创新性的表达,在传统文学的生产和流通过程中,往往会受到种种的局限,恰恰是网络提供了这样一个可能满足文学自由表达的平台。因此,网络可以成为消除种种制约文学创造力的不利因素,最大化张扬文学本质的一种有效途径。"①网络文学所呈现出的日益强盛的影响,引起学界的强烈关注。新世纪以来,国内的一些高校以及相关科研机构纷纷成立专门的组织开展对网络文学的研究。2006年6月26日,全国首家地区性网络文学委员会在武汉成立。委员会由武汉市作家协会和武汉工业学院工商学院网络文学研究所组成。该委员会依托《芳草》杂志社网络文学创作基地展开创作实践及网络文学理论研究。同一年,中国当代文学研究会成立了新媒体文学专业委员会,主要是联合一些文学网站和网络文学从业者对包括网络文学、手机文学在内的新兴文学形式与现象开展专题性研究。网络化、电子化的文学生产方式的普及,使文学的大众化特征得到进一步的强化,同时推进了文学产业与市场的结合。

　　总的来说,新世纪的确是一个有别于以往任何一个时期的文学时代,大众性、消费性、市场性的文学成了文学产业的主要组成部分。与新时期以来的伤痕文学、反思文学、改革文学、寻根文学、先锋文学相比,新世纪文学不论是从书写领域、审美体验,还是从生产机制、写作方式上来看,都具有自身的特质。在社会生活日益全球化、媒体化、大众化的时代,新世纪文学出现如上特征是很自然的,甚至我们可以说它是对时代顺应与把握的一种结

---

① 王先霈:《新世纪以来文学创作若干情况的调查报告》,沈阳:春风文艺出版社,2006年,第186页。

果。当然,从文学发展流变的角度来看,新世纪文学又必然地属于中国当代文学的一个有机组成部分,它在写作经验、价值判断与精神诉求等方面必然会与之前的文学有着千丝万缕的联系;同时又在审美体验、书写方式、流通传播等方面提供着新的范式。也正是这种联系与区别,使新世纪文学将自身汇入整个当代文学历史之中的同时,又获得了自己应有的价值和文学史意义。

二、新世纪以来红色影视剧的精神价值

新世纪文学另一个重要的媒介转换体现为影视化。可以看到,新世纪红色影视剧的兴起使得红色文化思潮成为当下一股重要的思想力量。与此同时,红色影视剧以其强烈而鲜明的红色价值观的重塑与再造,为新世纪以来的思想文化建设带来了深刻的启迪。新世纪红色影视剧的价值诉求主要表现在三个层面:一是重新激起有关精神信仰这一命题的思考与探讨;二是对英雄内涵的重新诠释以及对英雄主义情怀的重新唤醒;三是重构大众有关红色革命历史的认知与记忆。红色影视剧的热播是新世纪以来影视传媒领域的一个重要现象。电视剧《激情燃烧的岁月》《亮剑》《潜伏》《暗算》《恰同学少年》《历史的天空》《悬崖》《黎明之前》《中国1921》以及电影《建国大业》《建党伟业》等作品的相继推出,掀起了一轮红色影视的收视热潮,从而也形成了中国当代文艺史上继二十世纪五六十年代之后又一个红色叙事的高峰。与五六十年代的文艺作品程式化地讲述红色革命斗争历史不同的是,新

世纪以来的红色影视剧作品较为注重对丰富、复杂的历史内涵进行开掘与解析。这些作品以其更具现代意识、更为贴近人心的讲述方式赢得了观众的钟爱,从而使红色叙事作为一种有效的价值资源注入了当下的精神领域。

从思想文化建设的层面上来看,新世纪红色影视剧的兴起使得红色文化思潮的打造与传播在近些年来成为一个引人注目的现象。红色文化是当代中国社会主义思想文化建设的一个重要组成部分,它是伴随着中国共产党领导下的中国革命斗争历史以及社会主义建设进程而积淀下来的带有十分强烈而鲜明的革命内涵的精神文化资源。可以说,正是对红色文化的不断建设与打造,才保证了有中国特色的社会主义文化形态的形成。红色文化是从中国共产党领导中国革命的实践过程中被提炼出来的思想文化资源,它有着多层面的价值功能。从国家、民族的角度来看,红色文化是有关民族国家解放、独立的宏大叙事,它包含着一个现代的民族国家得以确立的历史认知与记忆。红色文化是民族革命解放进程中所凝结而成的意义系统,它也必然成为国家意识形态的重要组成部分,成为社会主流价值体系的核心内容。所以,红色文化是一个现代民族国家革命理念与革命诉求的精神承载,同时也是现代民族国家精神凝聚力的重要所在。从政党政治的角度来看,红色文化是国家执政党政治理念与革命纲领的具体化,它突出执政党革命历史进程中的丰功伟绩,突出执政党领导革命的必然性与重要性,从而寻求执政党掌管政权的合理性与合法性。所以,红色文化是政党政治的组成部分,它伴随着政党获取政权以及施政的整个过程。从社会个体的角度来看,红色文化是所在社会中每一个个体价值观与世界观的来源,它对每一个社会个体的精神形塑及道德想象起着决定性的影响作用。所以,红色文化常常成为一个时代伦理道德的价值所在,以对英雄主义的弘扬而对每一个社会个体产生召引作用。

　　作为一种革命资源的红色叙事能够在以后现代主义思潮为表征的新世纪掀起热潮的确是一个值得深思的现象。可以看到,新世纪红色影视剧的兴起使得中国当代文艺生产中的信仰叙事又一次成为一个重要的命题。新世纪红色影视剧着力表现和探讨信仰与人生、信仰与个体成长、信仰与中国革命的精神联系,这赋予了新世纪文艺作品以一种精神理性的深度。电视剧《恰同学少年》与《人间正道是沧桑》可谓新世纪红色影视剧中的青春成长剧,充满了革命岁月的理想主义激情,极具精神信仰的感召力。两部剧作从表达主旨上来看,都突出了革命年代里青年人的成长及对理想主义的追寻。《恰同学少年》由龚若飞、嘉娜·沙哈提联合执导,由黄晖编剧,谷智鑫、徐亮等联袂主演,于2007年播出。这是一部写实性的电视连续剧,主要以毛泽东在湖南第一师范的读书生活为背景,讲述了以毛泽东、蔡和森、向警予、杨开慧、萧子升、陶斯咏等为代表的一代风华正茂的优秀青年的学习生活和他们之间纯真美好的爱情故事,同时塑造了杨昌济、孔昭绶等一批优秀教师的形象。打造革命伟人形象、讲述革命伟人的丰功伟绩一直是红色文艺作品取材的一个重要方向。《恰同学少年》没有沿着传统的毛泽东题材作品侧重表现其领导中国革命的事迹，而是重点讲述了毛泽东少年时期的成长经历，在革命、理想、事业、爱情、友情等一系列属于青春成长的话题中展开了对青年毛泽东人生成长过程的表现，以极具时代感的青春偶像剧式的演绎方式，塑造出一个充满人生感召意义的青年形象。电视剧《人间正道是沧桑》是导演张黎指导的一部五十集战争剧情类电视剧。这部剧作由孙红雷主演，通过1925—1949年间杨氏兄弟姐妹（即杨立仁、杨立青、杨立华）不同的人生道路选择，融个人命运与国家、民族的命运为一体，将重大主题与生动的人物、丰富的故事巧妙相融，集中展现了从黄埔时期的国共合作到共产党战胜国民党、国民党退逃台湾这一历史时期波澜壮阔的政治历史画卷，生动再现了共产党顺应历史潮流最终赢得胜利的历史命运。《恰同学少年》与《人间正道是沧桑》注重对革命岁月中青年一代人生道路的选择及其成长的讲述，从而将对革命的演绎与对个体人生的理解及个体生命价值的追寻交融在了一起，这便使有关红色革命语义的表达具有了一种价值追寻的意味，这种讲述方式颇合"80后"及"90后"一代的审美期待，也使红色文艺作品找到了一种切入当下精神建设的途径。

从精神构建的角度来看，新世纪红色影视剧另一个重要的思想价值便是对英雄主义情怀的重新唤醒。红色文艺堪称英雄文艺，因为它以塑造英雄形象为己任，同时也因对英雄形象的全力打造而形成了自身特有的叙事逻辑与价值系统。

中国当代主旋律的文艺生产一直有着浓厚的英雄主义情结，对于中国当代文学创作而言，英雄化写作是一个有着浓厚的意识形态色彩的思想命题。中国当代红色文艺作品中的英雄形塑为现实中的新人成长提供了具象化的精神榜样，英雄品质不仅成为一种可供缅怀的历史情结，而且成为现实中个体进行自我精神改造的准则和依据。毫无疑问，在中国当代很长的一个历史时期，红色文艺作品中塑造的如江姐、许云峰、杨子荣、卢嘉川、林道静、朱老忠等英雄形象与方志敏、刘胡兰、黄继光、董存瑞等历史生活中的英雄人物曾对国民大众的成长发挥了重要的精神启蒙与道德示范作用。法国学者阿尔都塞曾经详细地论述过意识形态对个体的召唤作用，也就是揭示意识形态是如何实现对民众的改造的。他写道："因为意识形态所反映的不是人类同自己生存条件的关系，而是他们体验这种关系的方式；这就等于说，既存在真实的关系，又存在'体验的'和'想象的'关系。在这种情况下，意识形态是人类依附于人类世界的表现，就是说，是人类对人类真实生存条件的真实关系和想象关系的多元决定的统一。在意识形态中，真实关系不可避免地被包括到想象关系中去，这种关系更多地表现为一种意志（保守的、顺从的、改良的或革命的），甚至一种希望或一种留恋，而不是对现实的描绘。"①意识形态与个体之

---

① 阿尔都塞：《保卫马克思》，顾良译，北京：商务印书馆，1984年，第203页。

间的这种想象与真实并存的关系,使国家可以通过对意识形态的控制来完成对个体最终的召唤。在阿尔都塞看来,这种召唤通常是分四个阶段来完成的:一、社会把个人当主体来召唤;二、个人接受召唤,把社会当作承认欲望的对象,即另一个主体,并向它屈从,经过投射反射成为主体;三、主体同社会主体相互识别,主体间相互识别,主体对自己识别;四、把想象的状况当作实际状况,主体承认自己是什么,并照此去行动。阿尔都塞的分析已使我们看到了意识形态与个体存在之间的关系。可以说,新中国成立后规模浩大的革命历史叙事以及英雄谱系的展现,其目的正在于为民众提供这另一个主体。

新世纪红色影视剧的兴起可以说是对中国当代红色文艺英雄主义情怀的呼应与深化,但它不再是单一地展现英雄大无畏的牺牲精神以及革命的豪情意志,而是注重对英雄个体自身独到的个性气质的开掘,从而对英雄的内涵进行了重新诠释。《激情燃烧的岁月》中的石光荣是一位生活在和平年代的战争英雄。剧作对石光荣的打造重点突出他在战争岁月所形成的军人习性与和平时期日常生活之间的不协调。这是一个时时处在尴尬境地的英雄,他以战场上攻城拔寨、擒获敌俘的方式来征服他所喜欢的女人;同样地,他以在战场上将军指挥手下士兵的方式来处理日常生活中自己与妻子和子女们的关系。他是一个走入了和平年代的生活却没有走出战场的昔日战斗英雄。剧作也正是在这种带有强烈反差性格与环境的冲突叙述中,为我们塑造出了这样一个个性鲜明的老兵形象。当代军旅题材剧《士兵突击》中的许三多有着和石光荣一样的耿直、倔强与执着,他的个性同样体现在个人与环境的冲突中对自己的坚守。在剧作中,许三多以自己的单纯与笨拙坚守着做一个合格士兵的理想,在机会主义与功利主义盛行的时代,他的这种理想处处显示出与现实环境的不协调。许三多却用自己的坚守,用自己那"不抛弃、不放弃"的信念,诠释了在一个价值走向虚无的年代,如何去标榜精神追求的意义和分量。新世纪红色影视剧《亮剑》中的主人公李云龙更是新世纪红色影视剧中成功打造的一位另类而独特的英雄形象。作为一位革命战争年代里的军事指挥员,李云龙完全突破了中国当代以来红色文艺作品中英雄形象的定位,被刻画成一位个性张扬、我行我素的军人。

新中国成立后五十至七十年代是一个热衷于打造英雄形象的年代,当代红色文艺作品对英雄形象的定型化塑造也是在那个年代形成的。那个时期文艺作品中的英雄形象大致有这样几种类型:第一类是高大完美型的英雄形象,如《红岩》中的江姐、许云峰。这类英雄常常具有坚定的革命信念、大无畏的牺牲精神,他们成熟、勇敢、坚毅,是高大型英雄的化身。第二类是成长类的英雄形象,如《红旗谱》中的朱老忠、《青春之歌》中的林道静等。对这类英雄形象的刻画大多突出其英雄品质的形成过程,把一个渐进成长的英雄塑造出来,这种渐进成长常常包含思想、品质、信仰、斗争经验等多个层面。而这类作品的叙述,通常正是围绕着主人公的成长而展开的，讲述在党的引导下，主人公如何从一个单纯、幼稚的革命青年成长为一名成熟的无产阶级革命战士。第三类是不断发现和克服自己弱点的英雄形象，如《保卫延安》中的周大勇、《铁道游击队》中的大队长刘洪等。这类英雄通常在最初的阶段有着种种的思想弱点或性格的不足，如鲁莽冲动、刚愎自用、有勇无谋、缺乏耐心等。作品常常表现他们在革命斗争过程中，经过党的教育和领导，不断克服自身的不足，最终成长为一个完美高大的英雄。

通过以上的描述可以看出，新中国成立后五十至七十年代英雄造型的最终诉求是形象上的高大完美，这几乎成为那一时期红色文艺作品塑造中心人物的准则与模式。新世纪红色影视剧则突破了这一法则，以对另类、个性的英雄形象的刻画显示出与以往不同的审美诉求，其中《亮剑》中的李云龙是最具代表性的一个艺术形象。在剧作中，李云龙是革命战争年代里我军的一位军事指战员，他性格粗暴鲁莽，我行我素，常常不听从上级的指挥，满口粗话，倔强而任性，是一位有着绿林好汉气质的草莽英雄。作品对李云龙的成功打造恰恰在于对他这些性格缺点的展现与张扬，而不是对这些缺点的扬弃与修正。正因如此，李云龙才成了一个令人信服、充满人格魅力的军人，他的这些缺点正是他独特的性格魅力所在，不完美的英雄造型却使得英雄具有了极大的亲和力。李云龙的狂野、粗暴与自信使他成了一个力拔山兮气盖世的强者硬汉，英雄不再是单一地对革命伦理的诠释与承载，而是以自己的个性魅力展现个体的价值与风采。当代红色文艺作品中的英雄形象从诉求高大完美到对缺点不足的包容与展示,这既是时代审美心理变化的折射,也是由观念化写作到人学思想深化的一个转变。

新世纪红色影视剧中有关英雄的演绎,实质上是完成了从神化英雄到凡人化、性格化英雄的转换。这些作品对英雄形象的塑造不再屈从于某种观念的牵制与束缚,而是完全遵从人物自身性格以及思想的发展逻辑,以个性化的方法来完成对这些曾经奋斗于革命岁月中的个体的"人"的形象内涵以及生命内涵的重新诠释。新世纪红色影视剧围绕英雄的重铸,延伸出了关于使命与责任、奉献与价值、生命与追求等话题的探讨,而这正是新世纪红色影视剧作的精神价值所在。

新世纪红色影视剧的思想价值还体现在重构大众有关红色革命历史的认知与记忆上。红色文艺作品以对中国共产党领导下的革命斗争历史的"本质化"叙述,成为当代中国人对自身历史的一种集体记忆,它也以无产阶级的革命理念以及革命伦理观塑造着当代中国人的精神品质。正如学者洪子诚所言,红色文艺作品"以对历史'本质'的规范化叙述,为新的社会的真理性做出证明,以具象的形式,推动对历史的既定叙述的合法化,也为处于社会转折期中的民众,提供生活准则和思想依据"①。可以看到,新

---

① 洪子诚:《中国当代文学史》,北京:北京大学出版社,1999年,第107页。

世纪的红色影视作品以新颖而独到的艺术表现手法对宏大的中国现代革命历史进程展开了全新的演绎，从而以具象的方式重新构筑民众的革命历史认知，其中最具代表性的便是红色电影《建国大业》与《建党伟业》。

《建国大业》与《建党伟业》可以说是新世纪红色影视作品中带有史诗性特质的电影作品，这两部影片堪称电影工业时代商业大片制作模式与红色主旋律影片制作成功结合的范例。《建国大业》是庆祝新中国成立六十周年的献礼大片，而《建党伟业》则是向中国共产党成立九十周年献礼的大片。两部影片的主旋律色彩是不言而喻的，但它们担负起特有的政治使命任务的同时，又获得了极高的赞誉与票房，给红色主旋律影片的制作提供了一种新的思路。两部影片均采用的是好莱坞商业大片的制作模式，庞大的全明星阵容、全方位的宣传攻势、电影特效的精心制作、拍摄团队的全优化组合，所有这些都成为影片在制作上得以成功的有力保障。另外，从历史叙事的角度而言，两部影片虽然都呈现出史诗性的气势与规模，但它们都没有落入传统宏大历史叙事的窠臼，而是将重大的历史场景、历史时刻、历史事件的再现与具体而微的历史细节、特定人物的心理世界以及历史进程中的种种偶然性结合起来进行叙述，这便使历史变得可知可感、具象而生动。影片《建国大业》是向中华人民共和国成立六十周年暨中国人民政治协商会议成立六十周年献礼的重点影片，该片以二十世纪四十年代抗战胜利直至新中国成立前夕这一波澜壮阔的时代为背景,以宏大的历史视野,正面再现共和国多党合作和政治协商制度从诞生到确立这一重大历史事件,反映了中国共产党和中国各民主党派在反对国民党独裁统治的斗争中和衷共济、团结奋斗,为建立多党合作和政治协商制度所经历的曲折艰辛直至取得最后胜利的光辉历程,全景描写共和国领袖和众多政坛名人的群像。整个剧本结构集中在毛泽东与宋庆龄、李济深、张澜这三位后来当选为国家副主席的非中共人士的关系上,着重再现中国共产党人与中国民主党派在漫长的革命岁月里结下的深厚情谊。《建党伟业》则着重展现了从1911年辛亥革命后到1921年中国共产党成立这段时间内的历史故事与风云人物,影片以毛泽东、李大钊、陈独秀、蔡和森、张国焘、周恩来等第一批中国共产党党员为中心,讲述了他们在风雨飘摇的时代为国家赴汤蹈火的精彩故事。两部影片触及的均是人们耳熟能详的大历史,但剧作却能在这宏大的历史场景中既凸显出波澜壮阔的革命历史进程撼动人心的一面,又展示出叱咤风云的历史人物平易、温情的一面,于细节的还原中来品味历史,这使得两部影片对宏大故事的讲述多了几分人性与人情的关怀。

与红色影片《建国大业》《建党伟业》追求宏大革命历史叙事不同,红色电视剧《暗算》与《潜伏》在历史的讲述上侧重揭示革命岁月里鲜为人知的斗争生活内容。它们的出现一方面打开了红色影视剧创作的一个新的表现领域,另一方面则有效地弥补了中国当代红色叙事曾经的书写空缺,对丰富大众的历史认知也起到了积极的推进作用。电视剧《暗算》改编自作家麦家的同名小说，由柳云龙执导并主演，于2005年推出。从剧情上来看，四十集的电视剧《暗算》由三部分组成：第一部分是"听风"，主要讲述无线电侦听者的故事，重点围绕听力奇人阿炳展开，叙述了他如何协助秘密情报部门701来追踪和侦听台湾敌特方面的电台。第二部分是"看风"，主要讲述密码破译的故事，重点围绕独具个性的女数学家黄依依展开，光密破译的神圣使命与黄依依对爱的执着与绝望交织在一起，使剧作虽以谍战为切入点，却具有远超谍战范畴的艺术表现力。第三部分是"捕风"，着重讲述新中国成立前我党地下工作者的故事。在国民党大肆实施白色恐怖的时期，这些地下工作者如何乔装打扮，深入虎穴，迎风而战，为缔造共和国立下了不朽的丰功伟业。这一部分以二十世纪三十年代的上海为背景，重点讲述了潜伏在敌人情报机关的我党地下工作者钱之江如何与敌人展开周旋，以生命为代价最终送出绝密情报的故事。《暗算》的热播使得红色影视剧中的谍战题材类作品大量涌现，成为新世纪以来影视界的一大亮点，同时标志着中国当代以来的谍战、反特类作品在影视市场化、产业化的格局下打开了自己的一片天地。2008年热播的电视剧《潜伏》则是另一类型的谍战剧。这部作品改编自作家龙一的同名短篇小说，由姜伟执导，孙红雷、姚晨主演。该剧将时代背景置于抗日战争和解放战争时期，重点讲述了地下党人余则成潜伏于国民党军统天津站展开谍报工作的故事。该剧作一方面颠覆了传统同类作品中地下党人极富传奇英雄色彩的人物刻画套路,重点突出了主人公余则成谨小慎微、低调隐忍,由传奇英雄向平凡普通的小人物转变,余则成身上少了"不食人间烟火"的英雄气概,却平添了几许平易朴实的亲近感,遥远革命年代的那些非凡的历史变得具体而可知可感,这是该剧开播后受到好评的一个重要原因,同时也标志着新世纪红色影视剧在讲述历史的视角上对传统红色文艺作品宏大历史叙事模式的颠覆。另一方面,《潜伏》在剧情设置上也颇具吸引力。剧作将一对假夫妻的一系列日常带有喜剧性色彩的矛盾冲突嵌入了惊心动魄的谍战剧情中,这便使得剧作在历史生活内容的揭示及人物性格、心理的刻画上具有了多层次性,立体而丰富的历史内涵与人性开掘的表达,使得剧作具有了超越谍战类型剧的思想张力,一改传统红色影视剧单一的革命英雄主义思想诉求,从而也极大地提升了红色文艺作品的艺术品位。

红色影视剧在新世纪所掀起的创作热潮及引发的热播效应,充分显示了红色题材类文艺作品在中国当代文艺创造领域强劲的生命力。同时,新世纪的红色影视剧也以自身在审美表现、内蕴开掘、形象塑造等方面的创新与突破,赢得了大众的好评。再者,红色影视剧的热播显示出红色文艺作品内在精神向度的价值诉求在当代社会精神文化生活的建设中依然起着十分重要的引导作用。新世纪红色影视剧以对革命岁月历史生活的生动演绎,将当代红色文化体系中的革命伦理和革命价值观与当代社会生活中的精神需要进行了有意而成功的结合，如对有关信仰、奉献、理想主义等精神层面命题的展现与探讨，为构建当代社会主义核心价值观提供了有力而积极的思想支点。

三、新世纪谍战剧的传奇演绎与资源再造

毫无疑问，谍战题材类作品在新世纪以来的影视界显得颇为活跃。随着 2005 年电视剧《暗算》以及 2008 年《潜伏》的热播而掀起的谍战潮在影视界可谓方兴未艾，《借枪》《风声传奇》《风语》《黎明之前》《黑色名单》《断刺》《断剑》《旗袍》《悬崖》《青盲》等剧作在近年的相继推出，标志着作为一种类型片的谍战剧在当前影视领域的重要影响力，也使红色叙事在新世纪文艺创作领域显得颇为引人注目。可以说，正是在这批新谍战剧的推动下，形成了红色叙事在中国当代继五六十年代之后的又一个创作高峰。

在中国当代文艺创作的语境中，谍战类的作品特指那些以表现革命战争年代中国共产党在隐蔽战线上展开的特殊斗争生活为主的文艺作品，它在中国当代文艺发展史上一直占有着十分重要的地位。谍战类作品最早兴起于新中国成立后的五六十年代，这一时期正是当代文艺生产中红色叙事的一个高峰期，一大批红色经典作品正是在这一时期诞生的。其中，谍战类作品因其着重表现中国共产党在国统区及抗战时期沦陷区潜入敌方内部所进行的隐秘斗争生活而引人注目，代表性的长篇小说有李英儒的《野火春风斗古城》和高云览的《小城春秋》。罗广斌与杨益言合

写的著名长篇小说《红岩》中也有很多表现地下党谍报活动的内容。电影方面影响力最大的便是1954年上海电影制片厂拍摄的《渡江侦察记》和1958年由八一电影制片厂推出的影片《永不消逝的电波》。在五六十年代，为了激发民众在现实生活中对敌斗争的热情，谍战作品主要以反特题材的面貌出现，如影片《天罗地网》《羊城暗哨》《英雄虎胆》《徐秋影案件》《秘密图纸》《跟踪追击》等。这些作品均因其广泛的传播而产生了深远的影响，某种程度上凝聚为当代中国民众有关历史的一种公共记忆。电影《渡江侦察记》中的台词"长江、长江，我是黄河"，以及1960年根据同名小说改编而成的电影《林海雪原》中的台词"天王盖地虎，宝塔镇河妖"均在影片公映后不久便风靡全国，成为那个年代的流行语。

　　作为一种独特的红色叙事资源，二十世纪五六十年代的谍战题材类作品无疑在打造特有的革命历史记忆、激发当代中国民众继续革命的热情以及标榜革命英雄主义价值观等方面发挥了重要作用。但同时我们也可以看到，新中国成立初期涌现出的这批谍战题材类文艺作品也一如彼时其他红色文艺作品一样，镶嵌着深深的"一体化"时代的文学烙印。强烈的政治功利性对作品的驱使与左右，使得这些作品深陷模式化、脸谱化的泥淖，同时带有一种十分鲜明的宣教色彩。正因如此，连同谍战类作品在内的整个红色叙事类文艺产品在进入八十年代之后陷入了创作的低谷，在九十年代更是遭遇了解构性的批判与反思。的确，当时代的话语从五十至七十年代的阶级斗争理念及继续革命的冲动下脱离开来之后，以鼓吹革命豪情意志和阶级仇恨意识为指归的红色文艺作品受到冷落便可想而知了。但是，在进入新世纪后，谍战剧却成为当下中国影视剧中的一个极具收视保障的类型，并直接推动了影视创作领域红色叙事热情的高涨。五六十年代红色叙事热潮的形成与其特定时代的文艺生产机制以及国家意识形态建设的现实需求密切相关，但是在后现代文化症候已日益凸显的新世纪语境下，红色叙事能够依托新谍战剧的推出而再次风生水起则显得颇有意味。其中除新世纪以来恰逢新中国成立六十周年、中国共产党建党九十周年这样特殊的时间节点的机缘，以及国家相关的职能部门对红色文艺作品的着力打造外，新谍战剧自身在艺术表现力的探索、现代中国革命历史丰富性的开掘、时代精神内涵的铸造、核心价值观的引导等方面所做的努力，给整个中国当代文艺创作带来了强有力的冲击以及深刻的启迪，而这也正是在后革命的时代语境下审视与探讨新谍战剧兴起现象的意义所在。

不言而喻，物质主义的日益兴盛带来的是精神守望的全面逃逸，自二十世纪八十年代中期以降，中国当代文学的书写在躲避崇高、消解神圣思潮的推动下，一步步地向表现俗世生存以及肉身欲望的层面靠拢。1985年刘索拉的小说《你别无选择》率先将当代都市青年人在信仰迷失后精神迷惘与困顿的状态真切地表现了出来，而崔健的《一无所有》以及王朔的"痞子文学"更是以一种极具叛逆色彩的另类方式表达着对传统价值理念的全面否定以及对精神虚无的刻意标榜。随后,以池莉的《烦恼人生》、刘震云的《一地鸡毛》等作品为代表的新写实文学崛起,新写实文学的书写将直面俗世生存作为全部的要义,全面悬置了对形而上的精神命题的表达与探讨。与此同时,在新女性文学的引领下,欲望化身体写作的流行体现了当代文学对理想主义的彻底放弃。九十年代学界有关人文精神的大讨论表达了当代学人对时代精神病态与危机的一种反思与批判,但这无法阻挡大众文化思潮在市场经济助力下急速蔓延,平面化、娱乐化、游戏化的消费主义文化思潮不可阻挡地成为这个时代的文化症候,而价值虚无、信仰危机几乎成为人们对当下精神现状的一种共同指认。正如有学者感叹道:"市场经济无疑对人文精神有强烈的销蚀作用。理想的追求为现实的利害计较所取代;感官的满足成了文化的最高指令;庸俗文化淹没高雅文化;金钱的权威冲决道德堤坝。"①当然,当下中国社会的精神困局并不是文学书写推动的结果,这与中国当代以来意识形态格局的断裂以及后现代文化思潮的全球性蔓延都有着千丝万缕的联系。二十世纪五六十年代的中国,曾经是一个鼓吹信仰、精神狂热的时代,但随着"文革"后整个社会思潮的转向以及对过往的以信仰为标榜的精神禁锢的反思,信仰成了一个令人心生厌恶、极力排斥的精神命题,这为物质主义的泛滥提供了极佳的精神空间。正是在这样一个价值虚无的时代,新谍

---

① 袁伟时:《人文精神在中国:从根救起》,《现代与传统》1994年第5期。

战剧却重拾信仰这一话题,并且严肃而毫不做作地表现和探讨了信仰之于人生、信仰之于个体生长、信仰之于中国革命的意义与价值等一系列思想命题,这样的一种表达与思考对当下精神疲弱的思潮症候而言,无论如何都是值得重视与关注的。

新世纪以来的谍战剧对信仰的开掘与探讨是认真而严谨的,从《暗算》到《潜伏》,从《借枪》到《黎明之前》以至《悬崖》,有关信仰这一命题的表达在这些剧作中有着很深的沉淀。2008年热播的电视剧《潜伏》极具代表性。剧作《潜伏》根据龙一的同名小说改编而成,与原小说侧重粗线条地描述人物的命运遭际不同的是,改编后的电视剧更侧重对主人公余则成内在心灵轨迹的捕捉及其追寻信仰的精神炼狱之路的刻画。在《潜伏》中,余则成从一名国民党情报机关的特务转变为化名"峨眉峰"的中共潜伏敌情报机关的重要人员,剧作将余则成这一转变作为叙事的重心,真切而令人信服地展现了余则成从对国民政府理想的破灭,到在恋人左蓝的引领下以及种种现实见闻经历的启悟下,如何最终以共产党的革命理念为信仰的过程。从某种程度上可以说,《潜伏》的成功不在于对惊心动魄的谍战工作的演绎,也不在于对男女主人公余则成与翠萍之间喜剧性冲突的展现,而正在于对余则成心灵历练轨迹的感人讲述。电视剧《暗算》第三部分"捕风"中,潜伏于上海守备司令部情报部门的共产党员钱之江在身陷囹圄的情况下,从容赴死,以自己的生命为代价送出关键情报,成功地掩护中央及上海地下党组织相关人员进行安全转移。剧中的钱之江面对生死考验时这样陈述自己对信仰的理解："我,生来死往,像一片云彩,宁肯为太阳的升起而踪影全无。我无怨无悔,心中有佛,即便是死,也如凤凰般涅槃,是烈火中的清凉,是永生!"新谍战剧对信仰这一命题的开掘与新中国成立后五六十年代的红色文艺作品中的表达有了很大的不同。五六十年代红色文艺作品中对信仰的传递侧重的是一种带有很强烈的宣教色彩的灌输,而且信仰在那一时期的作品中常常成为划分阶级立场的一个概念性的标志。新谍战剧侧重的则是开掘和展现信仰之于特定的历史情境中个体成长的意义和价值,将对信仰的思索熔铸在主人公对生命价值、人生意义、家国命运等一系列命题的追问中加以展开,这便使得这些剧作中关于信仰的探讨不仅令人信服,而且具有了一种疗救当下精神缺钙之症的现实意义。

从文学作品中人物形象演进的角度来看,七十多年来的中国当代文学大致经历了一个从"英雄"到"反英雄"再到"凡人"的形象塑造过程。新中国成立后的五十至七十年代是文艺生产运行机制"一体化"的时代,也可以说是打造英雄文学的时代。在这一时期,红色文艺作品的创作占据着绝对的优势,而对英雄形象的全力打造则是这些作品无一例外的中心使命。"文革"时期,主流创作理论中甚至专门归纳出了塑造英雄形象的"三突出"原则,并要求所有的文艺创作必须依此展开。可见,在文艺"一体化"时代,英雄品质不仅成为一种可供缅怀的历史情结,而且成为现实中个体进行自我精神改造的准则和依据。文学中的英雄形象转化为现实中成长的人们的道德法则，这样，中国当代文学创作中的英雄化倾向就不仅仅是一个文学的命题，而且是一个有关当代中国人精神成长史的话题，同时也是一项必须要承担起的政治使命。也正因如此，英雄情怀的展露、英雄品质的刻画、英雄精神的开掘成为彼时文学作品的主旋律，江姐（《红岩》）、杨子荣（《林海雪原》）、朱老忠（《红旗谱》）、李玉和（《红灯记》）、欧阳海（《欧阳海之歌》）等甚至成为深入人心的精神偶像。当然，也正是在这种带有强烈政治功利性驱使下的英雄形象的打造，使得这一时期的英雄刻画一步步地走向了"高大全"的模式化、脸谱化的泥淖之中，英雄形象最终成为抽象的、概念化的产物，失去了其内在的感染力。与新中国成立后五六十年代文学的英雄化、浪漫化、激情化书写不同的是，自八十年代中期始，一股反英雄化的写作潮流逐渐成为一种趋向。它们的出现，很大程度上意味着对当代以来的红色叙事所建构起来的价值理念体系以及审美方式的全面消解与颠覆。其中，以王朔、王小波等为代表的作家的创作构成了一股带有叛逆色彩的反英雄化的另类书写；而以池莉、刘恒、方方、刘震云等作家的写作为代表的新写实小说则构成了一种带有强烈世俗化、平民化的写作潮流。对英雄的颠覆以至反叛成为一种时尚，王朔笔下那些天马行空、玩世不恭的顽主彻底宣告了对曾经的英雄情怀的解构与嘲弄。正如陈思和所言："它的反社会反传统规范反偶像精神不是体现在积极的反叛上，它是一种消极的自我享乐主义。在这种文化心理支配下，国家、民族、信仰、道德等在传统文化中被视为神圣的东西无不贬值,不占任何地位。唯一有意义的就是及时行乐,不需要明天也没有明天。"①也正是在这一情绪的驱使下,九十年代的文坛充斥着的是形态各异又都纠缠于日常生存之网的一些无奈奔波的普通人与小人物,关注凡人凡事,拆除艺术与生活之间的藩篱。当代文学写作体现出了对庸常的世俗人生的极大认同,同时也在这种认同中全面放弃了对理想主义的坚守。正是在这样一种文学语境下,新世纪谍战剧对英雄情怀的真诚讴歌以及对英雄精神的重新诠释显示出一种独特的审美价值。

谍战剧讲述的是往昔革命岁月中隐秘战线上的斗争故事。因这种斗争方式的特殊性,故事的主角往往是一些智勇双全、经验丰富、沉着干练、有着超乎寻常的意志与勇气的孤胆英雄。题材自身的特点,使得谍战剧必然走向对英雄形象的精心刻画。不论是五六十年代小说《林海雪原》中深入敌后的杨子荣,还是八十年代中国第一部电视连续剧《敌营十八年》中孤身斗敌的江波,都给观众留下了深刻的印象。新世纪以来的谍战剧同样着力于对剧作中核心人物英雄品格的展现,如《暗算》中的钱之江、《旗袍》中的钱鹏飞、《悬崖》中的周乙等,作品无不对他们舍生忘死的斗争精神进行了大力的弘扬,树起了英雄的丰碑。同时也应该看到,这些新谍战剧努力避免五六十年代红色叙事中"高大全"式的

---

① 陈思和:《马蹄声声碎》,上海:学林出版社,1992年,第30页。

英雄形象的塑造模式，真正回到特定的历史情境中，以尊重历史、尊重历史中的那些特定的"人"的方式来完成对英雄的描述与打造。《暗算》第一部"听风"中的阿炳本来只是在江南小镇上和母亲相依为命的瞎子，他有着不光彩的出身，是多年前一支路过当地的国民党队伍中一个士兵留下的"野种"。他性格倔强、固执，同时在心智上也明显低于同龄人，但他有着超凡的听力和一颗真挚、善良而单纯的心。剧作中就是这个面容丑陋、智力低下的瞎子阿炳帮助我国特别情报机构701追踪到了台湾方面隐藏在我国某处的全部秘密电台，为前线部队的作战提供了有力的支持，同时有力地保障了国家的安全。在《暗算》第二部"看风"中，留美归国的数学家黄依依一方面有着非凡的解密才华，另一方面又是一个特立独行、个性自由、敢爱敢恨的年轻貌美的姑娘，正是这个在别人眼中品行不端、放荡不羁的女子，最终破译了台湾在美国帮助下制作的高难度的光密密码。《潜伏》中的余则成隐忍而低调，处处谨小慎微，一副文弱的白面书生的面孔，完全没有传统概念中那样深入敌后的孤胆英雄的英姿与风采。剧作中与余则成假扮夫妻的搭档王翠萍，更是一个脾气火暴、满口粗话、手持大烟袋的农村悍妇形象，但就是这对极具喜剧冲突色彩的假夫妻于危机四伏的险恶环境中，出色地完成了一项项上级党组织交付的任务。《借枪》中的熊阔海只是一个生活在天津法租界的失了业的普通市民，但他同时是中共天津地下党的一员。为了生计，为了能换来情报，这个小人物整日四处奔波，常常陷入一分钱难倒英雄汉的困顿境地,他甚至为了筹集购买情报的钱不得不瞒着老婆偷偷地把房子卖掉。但也正是这个处处捉襟见肘的小人物,最终完成了刺杀日本驻天津的宪兵司令加滕敬二的壮举。

可以说,新谍战剧中的这些英雄全然没有了以往同类作品中极富传奇色彩的英雄特质,他们普通平凡,既无飞檐走壁的奇功,也无百步穿杨的本领。他们如任何一个普通人一样有着各自的烦恼与困惑,也有着面对杀戮的惊慌与恐惧,但剧作在还原这些人物平凡、微小一面的同时又让我们看到,正是这些普通平凡的小人物,他们在担负起国家、民族命运的"大道义"的同时,使自己微小的个体价值得到了升华,也由此完成了从一个普通人向英雄的转化。而正是这种转化让我们感知到了个体生命价值平凡而伟大的内涵。新谍战剧对英雄形象的打造以及对英雄内涵的重新诠释无疑是十分成功的,正是剧作中的这些有着种种瑕疵的英雄,这些在性格、心理、形象上并不完美的英雄,传递给人们最为真实的英雄情怀。他们的平凡甚至渺小,恰恰生动地诠释了英雄的真谛与内涵。新谍战剧由英雄的塑造而引发人们有关生命价值、奉献牺牲、责任使命等一系列几乎缺席于当下这个时代的精神命题的思考,而这种思考正是新谍战剧作为一种红色叙事资源的精神价值所在。

作为当代文艺生产中一种特有的故事类型,谍战类作品无疑在可读性与观赏性上有着得天独厚的优势。革命战争年代隐秘战线上的谍报工作,其进入文学叙事及艺术表现的层面,本身就包含了诸多惊险、刺激、传奇的叙事元素，如乔装打扮、假扮夫妻、情报窃取、黑话暗语、侦听破译等。正因如此，谍战题材类的作品很容易获得受众的追捧和喜爱。可以看到，新谍战剧在剧情设计、情节布局、故事模式上都有着别具匠心的打造与创新，而这正是它们给予当代文学创作的又一重要启示。新谍战剧专注于向人们展示故事本身的诱惑与魅力，它一方面对当代传统的红色文艺作品的情节结构模式进行了全面的革新与成功突围，另一方面又一反先锋文学对故事的轻蔑与破坏，重新将文学书写的重心拉回到故事与情节当中来。当然，新谍战剧的这种努力也并非缘于文学革新的自觉，而更多地来自谍战题材作品自身的特质。同时，二十世纪九十年代以来，经历美国谍报大片《伯恩的身份》《谍影重重》《国家敌人》《史密斯夫妇》以及香港影片《无间道》洗礼的中国观众，自然也对中国自身的谍战作品有了更高的期待；而这种期待以及故事经验的积累正是中国本土谍战剧获得突破的重要前提与动力。

新谍战剧的吸引力来自剧作在故事情节上的精心设计。2008年作家麦家凭借长篇小说《暗算》获得了第七届茅盾文学奖，对于这部相比历届获奖作品稍显另类的小说而言，其最大的意义正在于对故事本身的回归，这种回归便体现在如何把故事讲好，讲得有智慧，讲得精彩甚至讲得超凡出众是文学写作的应有之义。在小说《暗算》获奖前，依此改编的同名电视剧已于2005年大获成功，有记者在问及导演柳云龙《暗算》成功的缘由时，柳云龙回答："第一是故事,第二是故事,第三还是故事。"无疑,故事是谍战题材类作品的魂。可以说,新谍战剧正是深谙此道,才会赢得观众不俗的口碑。回到故事本身进行观察,我们可以看到新谍战剧在情节设计、故事类型上的不断创新与探索。《暗算》将复杂而神秘的侦听、破译等情报工作以极为传奇也极为感人的方式呈现到人们面前,有关密码破译的极其专业化的讲述与令人感慨万千的人物命运的展示以及动人心魄的爱情故事的演绎被完美地组接在了一起,故事的张力被发挥到淋漓尽致的地步,这正是《暗算》的魅力所在。电视剧《潜伏》则是将惊心动魄的卧底潜伏工作与极具喜剧色彩而又令人叹惋的爱情悲喜剧故事交织在了一起,从而使剧情的展开呈现出一种张弛结合、收放自如的效果。电视剧《青盲》走的完全是美国电视剧《越狱》的路线,虽然有着较为浓重的模仿痕迹,但就中国的谍战剧而言,可说是一次大胆而有益的尝试。而电视剧《黎明之前》则主攻推理、悬疑路线,剧情设置紧张激烈,悬念丛生,环环相扣,可以说情节设置与推进过程中的高智慧含量成为剧作的一大亮点,它处处挑战观众的解析力,又常常在意料之外给予剧情以合理的推进,正是这种惊险而又恰如其分的剧情设置体现了谍战剧的审美特质。

　　新世纪以来的谍战剧,虽然在诸多方面给当代文学的写作带来了深刻的影响和深远的启迪,但同时也应该看到谍战剧自身的局限与不足。谍战剧的热播效应,带来的是在商业利益期望的诱惑下,大批同题材剧作的简单模仿。一大批质量良莠不齐的谍战片一时间拥挤在一个狭小的空间中，每部剧作都力求自己能够出新、出奇，以博得观众的眼球，但这种近身肉搏式的技巧比拼，最后带来的并不是剧作制作上的取长补短，而是彼此竭泽而渔的内耗。美国编剧帕梅拉·道格拉斯针对电视节目所说的旅鼠效应，正是对这一跟风复制现象的贴切比拟。此外，谍战剧的特色虽在于故事的跌宕起伏、惊险悬疑以及人物的神秘传奇，但如果将谍战剧的成功归于情节设计上的精妙与细节推敲上的完美，那也会使谍战剧陷入一味地追求专业化、技术化与智力化的泥淖中。作为中国当代文学中的一种红色叙事资源，谍战剧有着精神层面与价值维度的承接与表现的职责，也只有这样才会使自身变得丰厚而充盈。当然，我们更希望由新谍战剧所激发出的这种有关信仰诉求与英雄情怀的精神震动，不会只停留在荧屏前那一瞬间的观感中，而是能在现实中找到它生根发芽、茁壮成长的坚实土壤。

参考文献

［1］洪子诚.中国当代文学史［M］.北京:北京大学出版社,1999.

［2］洪子诚.问题与方法:中国当代文学史研究讲稿［M］.北京:生活·读书·新知三联书店,2002.

［3］李洁非,杨劼.共和国文学生产方式［M］.北京:社会科学文献出版社,2011.

［4］王本朝.中国当代文学制度研究(1949—1976)［M］.北京:新星出版社,2007.

［5］张均.中国当代文学制度研究(1949—1976)［M］.北京:北京大学出版社,2011.

［6］唐小兵.再解读:大众文艺与意识形态［M］.香港:牛津大学出版社,1993.

［7］刘志荣.潜在写作:1949—1976［M］.上海:复旦大学出版社,2007.

［8］程光炜,杨庆祥.文学史的潜力:人大课堂与八十年代文学［M］.北京:文化艺术出版社,2011.

［9］程光炜.文学讲稿:"八十年代"作为方法［M］.北京:北京大学

出版社,2009.

[10] 程光炜.重返八十年代[M].北京:北京大学出版社,2009.

[11] 郭小川.郭小川1957年日记[M].郑州:河南人民出版社, 2000.

[12] 刘俐俐.隐秘的历史河流:当前文学创作与批评中的历史观问题考察[M].天津:天津人民出版社,2002.

[13] 王蒙.王蒙自传 第一部 半生多事[M].广州:花城出版社,2006.

[14] 王蒙.王蒙自传 第二部 大块文章[M].广州:花城出版社,2007.

[15] 王蒙.我是王蒙[M].北京:团结出版社,1996.

[16] 王蒙.王蒙八十自述[M].北京:人民出版社,2013.

[17] 方蕤.凡生琐记:我与先生王蒙[M].武汉:长江文艺出版社, 2008.

[18] 方蕤.王蒙:"放逐"新疆十六年[M].北京:东方出版社, 1995.

[19] 贺兴安.王蒙评传[M].北京:作家出版社,2004.

[20] 许建辉.姚雪垠传[M].武汉:湖北人民出版社,2007.

[21] 陈明.我与丁玲五十年:陈明回忆录[M].查振科,李向东,整理.北京:中国大百科全书出版社,2010.

[22] 王增如.丁玲办《中国》[M].北京:人民文学出版社,2011.

[23] 李向东,王增如.丁玲传[M].北京:中国大百科全书出版社,

2015.

［24］周良沛.丁玲传［M］.北京:北京十月文艺出版社,1993.

［25］丁言昭.丁玲传［M］.上海:复旦大学出版社,2011.

［26］蒋祖林.丁玲传［M］.北京:人民文学出版社,2016.

［27］秦林芳.丁玲评传［M］.南京:南京大学出版社,2012.

［28］邢小群.丁玲与文学研究所的兴衰［M］.济南:山东画报出版社,2003.

［29］王增如.无奈的涅槃:丁玲最后的日子［M］.上海:上海书店出版社,2003.

［30］杨桂欣.我所接触的暮年丁玲［M］.北京:中国广播电视出版社,2004.

［31］郑笑枫.丁玲在北大荒［M］.北京:中共党史出版社,2008.

［32］秦林芳.丁玲的最后37年［M］.北京:中国文史出版社,2005.

［33］张贤亮.文人的另种活法［M］.长春:时代文艺出版社,2013.

［34］余岱宗.被规训的激情:论1950、1960年代的红色小说［M］.上海:上海三联书店,2004.

［35］李杨.抗争宿命之路:"社会主义现实主义"(1942—1976)研究［M］.长春:时代文艺出版社,1993.

［36］杜国景.合作化小说中的乡村故事与国家历史［M］.北京:中国社会科学出版社,2011.

［37］厉华,陈建新,等.红岩魂纪实:来自白公馆、渣滓洞的报告［M］.北京:群众出版社,1997.

［38］李杨．50—70年代中国文学经典再解读［M］．济南：山东教育
出版社，2003．

［39］高楠，王纯菲．中国文学跨世纪发展研究［M］．北京：人民文
学出版社，2008．

［40］王涛．代际定位与文学越位："80后"写作研究［M］．成都：巴
蜀书社，2009．

［41］王先需．新世纪以来文学创作若干情况的调查报告［M］．沈
阳：春风文艺出版社，2006．

后　记

文学史的书写与研究是一个不断历史化的过程,这种历史化既包括知识对象,也包括研究活动本身,而随着这种历史化进程的推进,越来越多的文献史料将会进入文学史研究的视域之中。作为一门学科的中国当代文学史的演进过程,恰恰体现出这种学科历史化的发展趋向。从二十世纪五十至七十年代文学研究的政治意识形态化分析和批判,到八十年代文学审美性研究的强化,再到九十年代以来回到具体历史语境的文献史料实证研究的凸显,中国当代文学史的研究体现出越来越浓烈的学术自觉意识,从而极大地提升了当代文学研究的学术品格。当代文学研究中史料意识的增强,一方面拓宽了当代文学研究的领域,另一方面也为当代文学研究提供了新的方法和视角。当代文学研究的历史化使得当代文学的研究对象从作家作品延伸到了整个当代文学的生态群落体系,举凡文学制度、文学环境、研究动态、学术视点、争鸣批评等都成为文学史生成进程中的历史存在。当代文学文献史料意识的增强,使得中国当代文学学科更具规范性与严谨性,也使得学院派学术研究风格强化,同时增进了当代文学研究的广度与深度。

    本书是一本关于中国当代文学研究的路径与方法的学术著作，着重对近年来当代文学研究中出现的历史化与史料化的趋向进行分析，探讨如何运用史料学的方法来展开当代文学研究，涉及当代文学研究中关于文本分析、形象阐释、作家观察、文学史写作等一系列命题。书中所论是笔者近些年来相关研究成果的一个总结，章节所论及的一些内容已在一些刊物上发表。其中，第二章"当代文学学科视域下的文学期刊及其史料价值"中的部分内容发表于《福建论坛》（人文社会科学版）2011年第8期；第五章的第三节"当代军旅文学中的政委形象及其叙事功能"发表于《文艺理论与批评》2014年第1期；第五章的第四节"当代文学中的叛徒形象及其相关的文学史问题"发表于《中国现代文学研究丛刊》2013年第12期；第六章的第二节"新世纪以来红色影视剧的精神价值"发表于《中国广播电视学刊》2014年第10期；第六章的第三节发表于《创作与评论》2012年第12期，原题为《新谍战剧作为一种红色叙事资源的精神价值及审美意义》，在此一并对这些刊物所给予的肯定表示感谢。